文库主编：李 舫

丝绸之路名家精选文库

垅上歌行

王巨才

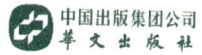

图书在版编目（CIP）数据

垄上歌行/王巨才著.——北京：华文出版社，
2017.4
（丝绸之路名家精选文库/李舫主编）
ISBN 978-7-5075-4678-1

Ⅰ.①垄… Ⅱ.①王… Ⅲ.①散文集-中国-当代
Ⅳ.①I267

中国版本图书馆CIP数据核字(2017)第078424号

垄上歌行

作　者	王巨才
主　编	李舫
策划编辑	柯湘
责任编辑	柯湘 杨宁
装帧设计	宁成春 胡长跃
经　销	新华书店
印　刷	北京明恒达印务有限公司
开　本	787mm×1092mm　1/32
印　张	10.25
字　数	157千字
版　次	2017年5月第1版
印　次	2017年5月第1次印刷
书　号	ISBN 978-7-5075-4678-1
定　价	30.00元

出版发行：中国出版集团公司
　　　　　华文出版社
地　　址：北京市西城区广外大街
　　　　　305号8区2号楼
邮政编码：100055
发 行 部：010-58336266
编 辑 部：010-58336258
总 编 室：010-58336239
网　　址：http://www.hwcbs.com.cn

丝绸之路名家精选文库

文库主编：李 舫

丝绸之路名家精选文库

垅上歌行

王巨才

中国出版集团公司
华文出版社

图书在版编目（CIP）数据

垄上歌行 / 王巨才著 . —— 北京：华文出版社，2017.4

（丝绸之路名家精选文库 / 李舫主编）

ISBN 978-7-5075-4678-1

Ⅰ . ①垄… Ⅱ . ①王… Ⅲ . ①散文集 – 中国 – 当代 Ⅳ . ① I267

中国版本图书馆 CIP 数据核字 (2017) 第 078424 号

垄上歌行

作　　者：王巨才
主　　编：李　舫
策划编辑：柯　湘
责任编辑：柯　湘　杨　宁
装帧设计：宁成春　胡长跃
经　　销：新华书店
印　　刷：北京明恒达印务有限公司
开　　本：787mm×1092mm　1/32
印　　张：10.25
字　　数：157千字
版　　次：2017年5月第1版
印　　次：2017年5月第1次印刷
书　　号：ISBN 978-7-5075-4678-1
定　　价：30.00元

出版发行：中国出版集团公司
　　　　　华文出版社
地　　址：北京市西城区广外大街
　　　　　305号8区2号楼
邮政编码：100055
发 行 部：010-58336266
编 辑 部：010-58336258
总 编 室：010-58336239
网　　址：http://www.hwcbs.com.cn

王巨才

陕西子长人,一九四二年生。

陕西师范大学中文系毕业。做过文艺团体创作员,地方报社记者、编辑,长期从事文化宣传工作。

曾任中共延安地委副书记、延安行政公署专员,中共陕西省委常委、宣传部长,中国作协党组副书记、书记处书记、散文创作委员会主任,现为中国散文学会会长。

上世纪60年代初开始诗歌创作,后转入文艺理论批评,晚来时有散文作品见诸报刊,出版有《退忧室散稿》《退忧室散记》《退忧室散集》等。

作家印象

凡益之道，与时偕行。王巨才是一位深情的诚实的大地歌者，他的《垅上歌行》如同生养他的黄土高原一样，即便沟壑纵横，纵使黄沙扑面，仍令人感受到难以忘怀的苍茫和浑厚。他执笔半个世纪，所思所想所劳所愿，皆是时代命题、人民篇章。"文章合为时而著，歌诗合为事而作"，白居易的这句话是王巨才散文的最好写照。立采诗之官，开讽刺之道，察其得失之政，通其上下之情，此四者，也恰是王巨才的文章道法。王巨才的笔触，致力承继白居易、元稹、刘禹锡以来浩浩汤汤的汉唐文风，字里行间迎面扑来的是浓郁的时代氛围和强烈的生活气息，是契合着历史大势和社会走向的艺术图景与审美风度。

——李 舫

目 录

世界是平的,世界是通的

《丝绸之路名家精选文库》总序 / 李舫 ·············· 1

第 1 辑 故园何处

回望延安 ·············· 18

黔北往事 ·············· 36

遍地莲花 ·············· 45

沂蒙行 ·············· 52

走巴中 ·············· 57

连城瞻礼 ·············· 65

哦,恩施 ·············· 79

感　动 ……………………………………………… 88

孝子峰随想 ……………………………………… 95

怀念静轩 ………………………………………… 100

浪打沙湾寂寞回 ………………………………… 107

包容与守望

　　——闽行散记 ……………………………… 118

第2辑　乡思难收

父老乡亲 ………………………………………… 130

曹老 ……………………………………………… 137

高松耸秀

　　——记霍松林先生 ………………………… 144

沉重的负债 ……………………………………… 153

慈云依依 ………………………………………… 161

芦草之思 ………………………………………… 167

老家的年味 ……………………………………… 174

别样闲愁 180

家在瓦窑堡 188

在时空隧道里，我思绪纷然 197

泰州去来 209

唱吧，二妮 222

第3辑 垅上春浓

诗上庄 230

坝上的云 234

上清溪记 240

大洼红了 246

峰峦深处 252

又到雪飞梅绽时

——梅乡行 258

雾漫东江 264

春在清风雅雨间 271

祝福草原	286
吴中访山记	293
扬州旧闻	302
灵渠踏访	308

世界是平的,世界是通的

《丝绸之路名家精选文库》总序

一

山积而高,泽积而长。

在苍莽辽阔的欧亚非大陆,有这样两"条"史诗般的商路:一条在陆路,商队翻过崇山峻岭,穿越于戈壁沙漠,声声驼铃回荡遥无涯际的漫长旅程;一条在海洋,商船出征碧海蓝天,颠簸于惊涛骇浪,点点白帆点缀波涛汹涌的无垠海面。

这两"条"商路,一端连接着欧亚大陆东端的古中国,一端连接着欧亚大陆西端的古罗马——两个强大的帝国，串起了整个世界。踏着这千年商路，不同种族、不同肤色、不同语言、不同信仰、不同文化、不同理念的人们往来穿梭，把盏言欢。

正是通过这条史诗般的商路，一个又一个宗教诞生了，一种又一种语言得以升华，一个又一个雄伟的国家兴衰荣败，一种又一种文化样式不断丰富；正是通过这条史诗般的商路，中亚大草原发生的事件的余震可以辐射到北非，东方的丝绸产量无形中影响了西欧的社会阶层和文化思潮——这个世界变成了一个深刻、自由、畅通，相互连接又相互影响的世界。19世纪末，德国地质学家费迪南·冯·李希霍芬将这个蛛网一般密布的道路命名为"丝绸之路"。

几千年来，恰恰是东方和西方之间的这个地区，把欧洲和太平洋联系在一起的地区，构成地球运转的轴心。丝绸之路打破了族与族、国与国的界限，将人类四大文明——埃及文明、巴比伦文明、印度文明、中华文明串连在一起，商路连接了市场，连起了心灵，联结了文明。

正是在丝绸之路上，东西方文明显示出探知未知文明样式的兴奋，西方历史学家尤其如此。古老神秘的东方文明到底孕育着人类的哪些生机？又将对西方文明产生怎样的动力？英国学者约翰·霍布森在《西方文明的东方起源》一书中,回答了这些疑问:"东方化的西方"即"落后的西方"如何通过"先发地区"的东方,捕捉人类文明的萤火,一步步塑造领导世界的能力。

正是在丝绸之路上,西汉张骞两次从陆路出使西域,中国船队在海上远达印度和斯里兰卡;唐代对外通使交好的国家达70多个,来自各国的使臣、商人、留学生云集长安;15世纪初,航海家郑和七下西洋,到达东南亚诸多国家,远抵非洲东海岸肯尼亚,留下了中国同沿途各国人民友好交往的佳话;明末清初,中国人积极学习近代科技知识,欧洲天文学、医学、数学、几何学、地理学纷纷传入中国,开阔了中国人的视野。之后,中外文明交流互鉴更是频繁展开。

正是在丝绸之路上,世界其他文明也在吸取中华文明的营养之后变得更加丰富、发达。源自中国本土的儒学,早已走向世界,成为人类文明的一部分。佛教传入中国后,同儒家文化和道家文化融合发展,形成了具有中国特色的佛教文化和理论,并传播到日本、韩国及东南亚,对这些国家的哲学、艺术、礼仪等产生了深刻影响。中国的造纸术、火药、印刷术、指南针四大发明带动了整个世界的革故鼎新,直接推动了欧洲的文艺复兴。中国哲学、文学、医药、丝绸、瓷器、茶叶等传入西方,渗入西方民众日常生活之中。

　　法国总统戴高乐评价道，中国不仅仅只是一个国家或是民族国家，她更是一种文明，一种独特而深邃的文明。中华文明曾长期处于世界领先地位，是世界主流文化之一，对包括西方文化在内的其他地区文化曾产生过重要影响，排他性最小，包容性又最强。我们奢侈地"日用而不觉"的，就是这样一种文化。它已与我们经济生活、社会生活和日常生活中的根本的价值取向相结合，不断地延展和衍生自己，成为最基础也最扎实的一层底色。西方学者曾经评价空前鼎盛、空前繁荣的隋唐时代，在唐初诸帝时代，中国的温文有礼、文化腾达和威力远被，同西方世界的腐败、混乱和分裂对照得那样的鲜明，以致在文明史上立刻引起一些最有意义的问题。中国由于迅速恢复了统一和秩序而赢得了这个伟大的领先。美国史学家爱德华·麦克诺尔·伯恩斯、菲利普·李·拉尔夫在《世界文明史》中写道：中国文明之所以能长期存在，有地理原因，也有历史原因。中国在它的大部分历史时期，没有建立过侵略性的政权。也许更重要的是，中国伟大的哲学家和伦理学家的和平主义精神约束了它的向外扩张。

　　由是，经济得以繁荣，文化得以传播，文明得以融合。

二

然而,令人痛惜的是,16、17世纪以降,丝绸之路渐次荒凉。中国退回到封闭的陆路,丝绸之路的荒凉逼迫西方文明走向海洋,从而成就了欧洲的大航海时代,推动了欧洲现代文明的发展和繁荣。

欧洲中心世界与世界崛起为全球化的主要载体密不可分。据不完全统计,地球71%的面积被海洋覆盖,90%的贸易通过海洋进行。世界银行的一份资料证明,全球产出的八成来自沿海100公里地带。这个事实构筑了近代世界的真实景象:边缘型国家的崛起与文明中心地带的塌陷,从葡萄牙、西班牙、荷兰、英国到美国,大国因海洋而崛起,文明因大陆而衰落。

今天,作为负责任的东方大国,中国在思考,如何用文明观引导世界布局、世纪格局,这是中国应该担负的使命。

《易经》有云:"往来不穷谓之通……推而行之谓之通。"雅各布·布克哈特在《意大利文艺复兴时期的文化》中说:"任何一个文化的轮廓,在不同人的眼里看来都可能是一幅不同的图景。"文明的断裂带,常常是文明的融合带。在21世纪的第二个十年,中国再次将全球的目光吸引到这条具有非凡历史意义的道路上。如果将丝绸之路比喻为中国腾飞的两只翅膀,那么互联、互通就是两只翅膀的血脉经络。随着丝绸之路的复兴,不仅是对中华优秀传统文化的重新梳理,创造性转化、创新性发展,更是东西方文明又一次大规模的交流、交融、交锋。对于骄傲的西方,神秘东方的价值恰在于此。正是在与世界其他文明持续的交流互鉴中,中华文明不断发展壮大;也正是在中华文明不断走出去的过程中,世界文明得以丰富和繁荣。

美国学者弗里德曼说,世界是平的。其实,在今天的现代化、全球化背景下,世界不仅是平的,而且是通的。毋庸讳言,我们的全球化,还仅仅是部分国家、地区的全球化,而对于大部分国家而言,全球化还只是一个遥远的梦想。中国提出的"一带一路"的伟大战略构想,不仅意味着复兴古代丝绸之路的辉煌,更体现了崛起的中国以天下为己任的胸怀与担当。在这种意义上,"一带一路"的伟大战略构想不啻于第二次地理大发现。

万物并育而不相害,大道并行而不相悖。历史是一面镜子,从历史中,我们能够更好地看清世界、参透生活、认识自己;历史也是一位智者,同历史对话,我们能够更好地认识过去、把握当下、面向未来。观古今于须臾,抚四海于一瞬。

作家莫言说过一句饶有趣味的话:"世间的书大多是写在纸上的,也有刻在竹简上的,但有一部关于高密东北乡的书是渗透在石头里的,是写在桥上的。"中国传统文化就如同那些镌刻在石头上的高密史诗,如同宏博阔大的钟鼎彝器,事无巨细地将一切"纳为己有",沉积在内心,旁通而无滞,日用而不匮。

落其实者思其树,饮其流者怀其源。中华民族生生不息绵延发展、饱受挫折又不断浴火重生,都离不开中华文化的有力支撑。中华文化不仅是个人的智慧和记忆,而且是整个中华民族的集体智慧和集体记忆,是我们在未来道路上寻找家园的识路地图。中华民族的子子孙孙像种子一样飘向世界各地,但是不论在哪里,不论是何时,只要我们的文化传统血脉不断,薪火相传,我们就能找到我们的同心人——那些似曾相识的面容,那些久远熟悉的语言,那些频率相近的心跳,那些浸润至今的仪俗,那些茂密茁壮的传奇,那些心心相印的瞩望,这是我们中华民族识路地图上的印记和徽号。今天,我们有责任保存好这张识路地图,并将它交给我们的后代,交给我们的未来,交给与我们共荣共生的世界。

三

中国是文章大国,有文字记载并从完整作品开始计算的文学史,已达3000年之久。作为与诗词并列为文学正宗的重要文体,中国散文更是源远流长,浩浩汤汤,在殷商时代已初具特质。这是从正值盛年的土壤里生长出来的文化情怀和文化自信,元气蓬勃,淋漓酣畅。

《丝绸之路名家精选文库》承续着这股源源不竭的潮流。第一辑包括14位名家的散文佳作:王巨才的《垅上歌行》、丹增的《海上丝路与郑和》、陈世旭的《海的寻觅》、陈建功的《默默且当歌》、张抗抗的《诗性江南》、梁平的《子在川上曰》、阿来的《从拉萨开始》、吉狄马加的《与白云最近的地方》、林那北的《蒲氏的背影》、韩子勇的《在新疆》、刘汉俊的《南海九章》、叶舟的《西北纪》、郭文斌的《写意宁夏》、贾梦玮的《南都》。

这些作家,有耄耋长者,有青年才俊,他们风格迥异,各有妙趣,14部书稿,清典可味,雅有新声,纵横浩荡地连接起丝绸之路的文明长廊。

凡益之道,与时偕行。王巨才是一位深情的诚实的大地歌者,他的《垅上歌行》如同生养他的黄土高原一样，即便沟壑纵横，纵使黄沙扑面，仍令人感受到难以忘怀的苍茫和浑厚。他执笔半个世纪，所思所想所劳所愿，皆是时代命题、人民篇章。"文章合为时而著，歌诗合为事而作"，白居易的这句话是王巨才散文的最好写照。立采诗之官，开讽刺之道，察其得失之政，通其上下之情，此四者，也恰是王巨才的文章道法。王巨才的笔触，致力承继白居易、元稹、刘禹锡以来浩浩汤汤的汉唐文风，字里行间迎面扑来的是浓郁的时代氛围和强烈的生活气息，是契合着历史大势和社会走向的艺术图景与审美风度。

丹增的文字具有自然般的神力，复苏了一个古老大陆的命运和梦想。丹增，翻译成汉语，就是继承、弘扬和扶持佛法。从青藏高原到彩云之南，丹增不断地以明察而热切的力量，加持自我，照亮周遭，为日渐消弭的世界筑起了一道永恒的记忆堤坝。不论是藏文还是汉语，黑黢黢、密麻麻的文字背后，我们仿佛看到那些不甘心的光芒挤压出来，它们飘浮着，陌生，别致，灵动，晦涩难懂，曲折复杂，像雾像雨又像不羁的风，像预言像隐喻又像莫名的谶语。他笔端的生死，不是两极，而是一体；他胸中的万物，各有其灵，尽善尽美。生死万物都平等地沐浴阳光，开枝散叶，春种秋藏，它们是神祇的宣示、真理的昭告，大音希声，却震慑寰宇。

陈世旭将书斋由相对安静的老区迁至繁华喧嚣的大都市，他的写作却愈发有一种大隐隐于市的淡泊和从容。陈世旭勤于读书，长于思辨，学养厚实。他的文字简洁洗练，刚健沉雄，大气磅礴，既浸淫着寥廓的古意，又充满了蓬勃的现代感。他热爱自然，寄情山水，登山则情满于山，观海则意溢于海，从美学和世界观的高度阅读大地文章，延续了中国文字自古以来洋溢着的无限张力和灿烂传统。

耳顺之年重返故地，陈建功日常生活的双城记里，有着比他自己的想象多得多的悲欣交集。在"寻根文学"风生水起的时候，他找到了"京味儿"的魅力。他的散文，沉着中有昂扬，追索中有挣扎，平静中有波澜，温醇和煦，却如寒风一般劈开一城的雾霾，清冷凛冽。陈建功同他的文学一道，置身历史进程的迷狂，搏击历史洪流的漩涡，却大开大阖，收放自如，他的文学就是他的人生。他深深地懂得，伟大的时代不仅需要讴歌者，更需要叹惋者与沉思者。答中有问，问中有答，方能无所不能，无远弗届。

张抗抗出生于江南杭州，这座盛产丝绸的城市两千年来吸引着东西方无数朝圣的使臣。她的笔墨，也有着人间天堂的钟灵毓秀：一叶扁舟泛海涯，三年水路到中华；心如秋水常涵月，身若菩提那有花。她的文章取材深广，目之所及，似乎无所不包，琴棋书画、茶米油盐、高山流水、鼓瑟吹笙，尽入笔端，充满着诗意的想象，包容着深邃的哲理。无论是阳春白雪，还是寻常人家，无论是自然之美，还是心灵感悟，一旦进入她的视域，总会散发出无穷的韵味——一粒沙里，洞见世界，半瓣花中，说道人情。

《子在川上曰》，这是一位诗人送给他生于斯长于斯的大地的颂歌，也是一位作家送给家乡的生命礼赞。梁平的文字，饱满丰盈，细腻真挚，如子规啼血，似东风长歌，幽微中蠡窥宏阔，黯淡里喜见光明。跟随梁平的笔端，我们沿长江、嘉陵江溯流而上，一路奔跑、沉潜、翱翔，同他的爱与恨、愤怒与期冀、疼痛与愉悦同频共振。在他轻灵如诗的文字中，我们仿佛得见他椎心泣血的笔墨、响遏行云的呼号、掷地有声的追问——子在川上曰，逝者如斯夫！这是他关乎大悲喜和大彻悟的哲学问道，是他寻求死之尊严与生之庄重的心灵追索，答案不言自明。

从《尘埃落定》开始，"阿来"这两个字便注定有了特殊的含义。带着敦厚的憨笑，拖着沉重的脚步，阿来从他身后敦厚沉重的高原走来，如同晨曦浮动在大地之上。阿来出生于大渡河上游马尔康的嘉绒藏族，而他生命的道道履痕都始终围绕嘉绒。在这里，他见证了世世代代半牧半农耕的藏民族的寥廓幽静，见证了具有魔幻色彩的高原缓缓降临的浩大宿命，见证了那些暗香浮动、自然流淌的生机勃勃，见证了随着寒风而枯萎的花朵、随着年轮而老去的巨柏、随着时间而荒凉的古老文明。阿来的目光，掠过高原，掠过天空，掠过河流，掠过冰封的大地，掠过凋谢的荣耀，然后——抵达不朽。这就是阿来，他用温暖包裹起彻骨的寒凉，用锋芒挑落被华丽尘封的沧桑，他是这个时代寂寞而执着的"书记官"。

从苍茫寂寥的大凉山走到历史纵横的古都北京，再走到灵魂直接天际的青藏高原，吉狄马加始终坚持自己是一个彝族文化的守望者。他的眼睛里盈溢着圣洁的太阳，他的血管里回荡着马蹄的声音，他的灵魂在字词诗行间舞蹈，他的心在高山和原野间歌唱。数十年来，吉狄马加痴痴地用他的寂寞的吟唱、他的豪放而富有灵性的文字，编织着一个属于自己，更属于同样痛苦、倔强、高贵的伟大民族的颂歌与梦想。他的散文与他的诗歌一样，视域宏阔，洞察敏锐，警譬精妙，蕴含着超凡脱俗的慈爱与悲悯，从而具有了超越种族局限的人类情感，具有了穿越时空暌隔的深邃伦理,具有了史诗的气质和力量。

林那北的散文每每让人有惊奇之感:中国的方块字竟然还可以这样挥洒,甚至是——还可以这样挥霍?阅读她的文字,如同在亚马逊森林中的冒险,你不知道前方出现的会是鹦鹉还是猕猴,鳄鱼还是猛虎,但是你一定知道,你将会遭遇离奇,遭遇惊诧,遭遇错愕,它们是生活的热辣辣的底料,活泼泼的味道。然而,林那北散文的魅力恰在于此,正是文字的疏离嫁接了认知的陌生,认知的陌生带来了阅读的艰涩,阅读的艰涩又制造了思想的愉悦,她的书写具有了非常有趣的气质:以矛盾结构矛盾,以悖论解构悖论,以想象冲击想象,精密,精细,精深,精致,重要的是——好看。

你在什么地方、什么时间——你就是什么。在社会的榛莽漂泊、在未知的命运流浪,心如猛虎、魂无定所。生命的焦虑由此而来。韩子勇的《在新疆》,告诉你的,就是这样一份关于漂泊、寻找和指认的隐秘笔录。

出生于湖北赤壁的刘汉俊,却以海南主题文章闻名。如果说,一人与一地,出生是一种因果,那么相遇、相知便是一种缘分。刘汉俊与海南的缘分,是刘汉俊之幸,更是海南之福。李白曾云,大块假我以文章。刘汉俊为文之道,是"大块"之道,他优游岁月,披览史料,为人、为物、为事,却不仅仅为文而作。刘汉俊的文章,察时观世,说古道今,它们站在未来,提前为被审判的时间作出判决。他让我们懂得,好的散文,是一切文体之上的文体,它们以最匍匐的姿态,阐释最昂扬的力量,终将浮出历史的地表,超越时代的局限,它们在一切写作之上,在万事万物之上。

叶舟由诗而入散文,他的散文仍难得地葆有高蹈轻扬的诗性和从容不迫的诗心。古老的甘肃,堆积着西北中国的民间故事和壮阔历史,叶舟以诗人般敏锐的观察、鲜活的灵感、独特的想象和拳拳的赤子之心,将这些故事和历史收纳进他的如椽巨笔之下。叶舟擅长叙事,他的散文如诗行般跳跃,却雍容华贵、气韵悠长。他对于丝绸之路历史的描述有着独特的理解和体认,他生动地向我们展示了一个被人遗忘的文明世界,每一段岁月的纹路,每一次幽远的回溯,都无比精彩,深邃高远,令人难忘。

从年节民俗、乡土伦理中走出来的郭文斌,宽柔,慈敏,面上灭除忧喜色,胸中消尽是非心。他的为文,就像他的为人一样,谦卑中有傲岸,安详中有叱咤风云。他用悲悯的目光打量着世界,世界也以慈悲的胸怀拥抱着他。郭文斌那至为敏锐、清新与优美的语言,以及驾驭这些语言的高超的技巧,使得他拥有众多的拥趸。他们在他的文章里找到了内心的吉祥如意,找到了远离喧嚣纷扰的精神上的世外桃源,这也使得他的文字和他的思想都成为中华民族传统的一部分,这是中华民族的浪漫和诗意,如大地一样广袤敦厚,雍容包藏。

望之若新,忽焉若旧;望之若刚,忽焉若柔;望之若春,忽焉若秋;望之若华丽,忽焉若朴素。这是贾梦玮对文学的期待,又何尝不是他对自己的期待?秦淮河水仍静静地流淌着。贾梦玮伫立河畔,许多许多个世纪之前的故事就这样缓缓流淌在他的笔端,如同身边荡漾的水波。蹉跎暮容色,煊赫旧家声,六朝古都南京的历史况味如此富饶、丰盈,那些温馨和美好、张扬和放肆、落寞和枯索、无奈和参悟,此时此刻,都与河水一道,潺潺而来,怨而不怒,哀而不伤。在旧日旧事中捡拾淘洗的历史,不仅有着沧桑的面容,更有着清晰的年轮、流淌的血脉。

人事必将有天事相参,然后乃可以成功。1500年前,刘勰针对当时泛滥一时的讹滥浮靡文风,提出文章之用在于"五礼资之以成,六典因之致用。君臣所以炳焕,军国所以昭明。"而今,刘勰的感慨更值得我们深思。《丝绸之路名家精选文库》的宗旨也恰在于此——以文载道，以文言道，以文释道，以文明道。

一个时代有一个时代的气象，一个时代有一个时代的文化。正是文化血脉的蓬勃，完成了时代精神的延续。中国散文近年来以汪洋肆意的姿态在生长，可谓千姿百态、异彩纷呈，而且作为一个文学门类，它在虚构与非虚构两端都各趋成熟。在我们的散文写作中，越来越多年轻的、德才兼备的散文作家丰富着我们的园地，他们职好不同，风格迥异，文字或剑拔弩张、锋芒逼人，或野趣盎然、生机勃勃，或和煦如春、温润如玉。这些散文家的写作，构成了中国当下散文创作一个不可忽视的事实：家国情绪，时代华章。

这套文库总计150余万字。翻阅完这部作品，不禁想起莎士比亚那句意味深长的话：

"凡是过去，皆为序章。"

李 舫

2017年4月

第 1 辑 故园何处

回望延安

一

这是一个奋发的年代。一个朝气蓬勃的年代。一个党和人民、领袖和群众同甘共苦,相濡以沫,共同创造英雄史诗的年代。

多少次了,当我徜徉在延安革命纪念馆的陈列大厅,脑海里总会回旋起这些炽热的意绪,心底总会涌动强烈的、难以遏止的感动。

不只是因为气壮山河的战争风云,也不只是大智大勇的雄韬伟略。让我感动并引以遐思的，往往是那些并不奇崛的寻常故事，那些飘落在岁月风尘中的历史散叶，那些历经时间淘洗总不磨损的民间记忆。

二

说起延安，人们自然会想到那幅"自己动手，丰衣足食"的题词。那几个遒劲的大字，是一个时代的传神之笔，一个古老民族的精神图腾。

苍茫的陕北高原，沟壑纵横，地瘠民贫。由于国民党的经济封锁和自然灾荒，解放区军民一度陷于几乎没有衣穿，没有油吃，没有纸，没有菜，战士没有鞋袜，工作人员冬天没有被盖的地步。毛泽东说，我们的困难真是大极了！以致他不得不把"饿死呢"，"解散呢"，还是"自己动手呢"这一严峻的问题提给全党。

朱德总司令则以愤慨的言辞痛切陈述抗日将士的处境："有一枪仅余四发五发子弹者，有一伤仅敷一次两次药物者，于是作战时专凭肉搏，负伤则听凭自然。"与此相印证的，是他那首慷慨苍凉的诗篇：伫马太行侧，十月雪飞白；战士仍衣单，夜夜杀倭贼。

艰难困苦，玉汝于成。严峻的困难没有吓倒"特殊材料制成的人"。一场轰轰烈烈的大生产运动和随之实行的精兵简政,使革命再次转危为安,"创造了中国历史上从未有过的奇迹"(毛泽东)。艰苦的条件也没有阻止一批批热血青年冲破层层封锁,从四面八方奔赴延安,宝塔山下,延河岸边,集合了中华民族最优秀的儿女。延安的窑洞里,有人类最睿智、最深刻、最有远见的头脑。延安的山川间从早到晚歌声不断,响彻乐观向上的旋律。

梁漱溟,这位解放后曾同毛泽东发生过激烈争论的著名学者,1938年和1946年曾两次访问延安。头一次,与毛泽东有过8次亲切交谈。他在所写文章中对此次见所闻记述颇详,欣悦之情溢于腕下:"在极苦的物质环境中,那里的气象确是活跃,精神确是发扬。政府、党部、机关、学校都是散在城外四郊,傍山掘洞穴以成。满街满谷,除乡下人以外,男男女女皆穿制服,稀见长袍与洋装。人都很忙。"他对延安人际关系的平等、融洽倍加赞赏:"一般看去,各项人等,生活水准都差不多。没有享受优厚的人。是一种好风气。人人喜欢研究,喜欢学习,不仅学生。或者说人人都像学生。这又是一种好风气。爱唱歌,爱开会,亦是他们一种的风气。天色微明,从被窝中坐起,便口中哼啊抑扬,此唱彼和,仿佛一切劳苦都由此而忘却!人与人之间情趣增加,精神上互为感召流涌。"

穷且益坚,不坠青云之志。历史经验一再证明,清贫的物质生活并不导致精神的矮化;豪车华屋,灯红酒绿,也无法疗补心灵的颓废与空虚。

三

自力更生,艰苦奋斗,原本就是中华民族自强不息的固有品格。它的发扬光大,则是老一辈无产阶级革命家极力倡导、率先垂范、精心培育的结果。

毛泽东那张站在黄土院子里,身穿补丁裤,面容清癯,双手前推,向席地而坐的学员演讲的照片,早已珍藏在中国共产党的光荣史册里。但另一些故事也许并不为人熟知。

一天下午,延安留守兵团的司令员萧劲光到毛泽东住处汇报工作,见他围着被子斜躺在床上办公,以为是病了,正要询问,毛泽东抬起头来指指地下的火盆笑说,棉裤洗了,还没烤干,起不了床,起来就要光屁股了!萧劲光鼻子一酸,指示警卫员赶快到兵团去领一床被子和一套棉衣。毛泽东一听,连说不行不行,领来我也不要。现在大家都困难,我若要搞特殊,讲的话就等于放屁，没人听，他们会说你不是真革命，是蒋介石，是封建皇帝！过了会儿，又说，劲光啊，我不能搞特殊，你也不能搞，任何时候，任何人都不能搞。你要记住这句话：我们共产党人绝不能搞特殊！

绝不能搞特殊。毛泽东不仅以身作则，同时也严格要求自己的亲属。电视剧《毛岸英》的播出，已让这位年轻人热情似火、英姿勃发的光彩形象深入人心；舐犊情深，毛泽东失去爱子后痛哭失声的画面也使多少人潸然落泪。未被剧本采用的尚有另外的情节。毛岸英回到延安，先被安排住在陕甘宁晋绥联防司令部，部队考虑到他在苏联待的时间长，吃不惯小米、烩菜，便让他上了干部中灶，每顿两菜一汤，还有细粮。毛泽东知道后很快把岸英叫来，说岸英啊，你妹妹李讷一直就在大灶吃饭，你这么大了，还要提醒吗？岸英于是谢绝了领导上的好意，坚持与战士们一起在大灶用餐。

另有一次，美联社记者访问岸英，要他对抗战胜利后的形势谈谈看法。稿子写成，岸英拿过来请父亲审看，不料毛泽东还没看完，便一把撕掉，严厉批评说：你小小年纪，刚从国外回来，情况不了解，有什么资格对外国记者发表意见！声色俱厉，不容置辩，看似无情，却命意深长，颇堪每一位共产党人镜鉴。至于岸英后来去农村锻炼,去工厂工作,去前线作战,显然都与父亲的教育、培养分不开,现已经成为广为传颂的佳话。

四

曹靖华先生写过一篇散文,标题叫《忆当年,穿着细事切莫等闲看》,内容大抵是说在"衣帽取人"的旧上海,衣着时髦光鲜较之土气的,出门往往会被高看一眼,会受到种种礼待,要占许多便宜。而此时想到这篇文章,则是因为我在纪念馆获得的恰恰是对这个题目另外一种注释。

1940年,66岁的爱国侨领陈嘉庚回国考察抗战。蒋介石对此十分重视,仅重庆的接待费用就安排了8万元,其中一次宴会花了800大洋。前线将士浴血奋战,后方如此铺张,陈嘉庚对这种奢侈应酬深为反感。后来他到延安,看到干部群众衣着简朴,情绪饱满,印象甚好。毛泽东在杨家岭宴请他,用的是从老乡家借来的小方桌,因太旧,上面铺了几张报纸。饭菜是用自种的西红柿、豆角等做的,另外上了一例鸡汤,整顿饭算下来不到两块钱。毛泽东说,我是没钱买鸡的,这只鸡,是邻居老大娘听说我有贵客要招待,特地送来的。两场招待，清者自清，浊者自浊，陈嘉庚情不自禁地感叹："得天下者，共产党也！"回到南洋，他还在第二届南洋华侨大会上激情洋溢地欢呼："中国的希望在延安！"

那次访问，让陈嘉庚"衷心无限兴奋，梦寐神驰，为我大中华民族庆幸"。为了表达对毛泽东等领导人的敬意和拥护，他给延安送了两辆小汽车。而这两辆小车的使用，说来也耐人深思，对我们看待和处理一个时期以来屡禁不止的公车私用，公款消费，讲排场，耍阔气等恶劣风气或许有所启示。

小车送到延安，中央办公厅"理所当然"地要分配给毛主席一辆，却遭到他的拒绝，他提出的原则是，一要考虑军事工作的需要，二要照顾年纪大的同志。在他一再坚持下，两辆车分别分给了朱德总司令和徐特立、董必武、林伯渠、吴玉章、谢觉哉"五老"使用。一次，毛泽东去枣园开会，回来时马突然受惊，把他从马背上摔下来，跌伤了手臂，朱总司令和"五老"知道后一定要把车子让给毛主席，他仍"坚不从命"。毛泽东后来也有了一辆"专车"，是华侨捐赠的救护车，但也只是在接送客人时才偶一使用。

像这样相互尊重、相互体恤的例子当然还有很多。转战陕北的一个夜晚，中央的几位领导还没顾上用晚饭，周恩来的警卫员端来一碗小米稀饭和两个馒头,说现在刚刚住下,老百姓都睡了,饭铺也早关门了,好不容易买到两个馒头,同志们看你这些天越来越消瘦,让我送来了。周恩来听罢,态度和蔼地说,我这不好好的么,现在最劳累、最辛苦的是毛主席,快给他送去!接过馒头,毛泽东问,周副主席吃过了吗,警卫员含糊地说一声"吃了"。警卫员走后,毛泽东想到任弼时身体一直不好,便让工作人员趁热送过去。而此时的任弼时,想到的是经常通宵达旦工作的周恩来……转来转去,馒头又回到周恩来跟前。最后,处事周到的周恩来"命令"警卫员将一个带回给弼时,另一个送主席。

三位领袖,两个馒头,一件小事。其中也许就蕴含了那个年代全党全军坚强团结、克敌制胜的宝贵信息,却是离开大陆后的"委员长"痛定思痛未必能想到的。

五

当时的延安,正是这样一个充满团结友爱气氛的大家庭。同时,又是政治清明,法纪严明,"实行民主真行宪,只见公仆不见官"(朱德诗句)的民主圣地。

人们都知道作为诗人和政治家的毛泽东,有着常人一样的丰富感情,但在违法乱纪、侵害人民利益的行为面前,他同时也有一般人少有的"毒蛇在手,壮士断腕"的霹雳手段和决绝气概。

1937年10月,曾经参加长征的26岁的"抗大"第六队队长黄克功,因爱情纠葛枪杀了女学员刘茜。审讯时,黄亮出浑身伤疤,请求法庭免于一死,准其戴罪立功,战死疆场。毛泽东接到报告,给审判长雷经天复信:"黄克功过去斗争历史是光荣的,今天处以极刑,我及中央的同志都是为之惋惜的,但他触犯了不容赦免的大罪……如为赦免,便无以教育党,无以教育红军,无以教育革命者,并无以教育做一个普通人,正因为他是一个多年的共产党员,是一个多年的红军,所以不能不这样办。共产党和红军,对于自己的党员与红军成员不能不执行比较一般平民更严格的纪律。"

与这个事件相辅相成的,是毛泽东的两次"挨骂"。1941年6月,边区政府召开各县县长联席会,讨论公粮征收工作。会议进行中,天气骤变,一个炸雷击中礼堂梁柱,延川县代县长不幸触电身亡。消息传开,议论纷纷,有位老乡借机发泄对公粮负担过重的不满,指名道姓地责骂了毛泽东。边区保安部门闻讯,认为这是一起严重的反革命事件,要严肃追查,公开处理。毛泽东从警卫员口中知道了这件事，立即进行制止。他对保卫部门的同志说，群众发牢骚，有意见，说明我们的政策和工作有毛病，不要一听群众有议论，尤其是尖锐点儿的议论就去追查，就要立案，进行打击压制。这种做法实际上是软弱的表现，我们共产党人无论如何不要造成同群众的对立面。

另一件是毛泽东通过中央调查部的送阅件知道的。清涧县农民伍兰花，因死了丈夫，迁怒社会，公开辱骂共产党、毛主席，已被拘押到延安，拟由边区高等法院审判后处以死刑。毛泽东看罢文件，顿时大怒，对调查部的人说，你们不能这样做！不做调查，随便抓人、杀人，这和国民党的做法有什么区别！他把伍兰花找来，在会客室仔细听取她的意见。原来，伍一家人口多，拖累大，70岁的婆婆长期瘫痪卧床，生活十分困难。这几年公粮越来越重，干部又多吃多占，压得喘不过来气。现在死了丈夫，无异雪上加霜，情急之下，胡嘞乱骂，随口伤人，感到非常后悔。听罢陈述，毛泽东安慰她说，你没有什么罪过，是个敢讲真话的好人。你家困难多，政府应特别照顾。他随即指示保卫部马上放人，派专人送伍回家，去时带上公文，当面向当地政府讲清楚。对清涧群众负担过重的问题，要边区政府认真调查研究，该免的免，该减的减，不能不管老百姓的死活。

1945年7月,毛泽东在回答黄炎培那个关于历史周期率的著名提问时说,我们已找到新路,我们能跳出这周期率,这条新路,就是民主。只有让人民来监督政府,政府才不敢松懈。只有人人起来负责,才不会人亡政息。

世界学联代表团成员当年访问延安后曾这样由衷赞叹:"边区司法充满了平等和正义的精神!"

60多年过去,这些激情的言说,仍如晨钟暮鼓,穿越时空,悠然回响。

六

关心群众生活。密切联系群众。全心全意为人民服务。走群众路线,和人民打成一片。这些屡屡见诸党的文献的论述,毛泽东和他的战友是首倡者,又是模范践行者。

到过杨家岭的参观者,都会见到那条由毛泽东和中央书记处的同志率领中央机关干部战士与当地群众一起修建的"幸福渠"。这条全长5公里、灌地1200亩的水渠,几十年来波光粼粼,一直滋润着乡亲们的心田。

据当年枣园乡乡长杨成福回忆,中央机关驻在杨家岭和枣园时,每年都要给老乡们拜年。有一年春节,毛泽东、周恩来、任弼时同工作人员带着糖果、对联等年礼来到乡政府。

一见面,毛主席亲切地问,杨乡长,你们辛苦一年了,年过得好吗?杨一边应答,一边忙着递烟、沏茶,高兴得不知如何是好。周恩来见状,说杨乡长你就别忙了,毛主席要给乡亲们拜年,你就引我们到各家走走吧!杨成福一想,全村几十户人家,山上山下,住得很分散,哪能让首长们到处去跑。就说,你们都忙,挨家挨户就不必了,我一定把主席和首长们的心意转告给大家。毛主席一听,连连摆手,说拜年找人代理,杨乡长你这个主意可出得不好,还是我们去吧!一句话把众人逗笑了。但商量的结果,还是采纳了杨成福的意见:把每家的家长都请到乡政府,一来主席都见上了,二来也更热闹。乡亲们来了,主席和其他首长拉着老年人的手,热情地递烟、敬酒,给孩子们抓瓜子、散花生,并详细征询对中央机关的意见,了解村民的生活状况和来年的生产安排,促膝交谈,亲如一家。上世纪七八十年代,我多次陪同客人参观,听过杨成福的介绍,这些其乐融融、亲密无间的生动画面,几十年来一直活跃在脑海里,历久弥新。

毛泽东关心群众生产,也关注他们的精神生活。著名的延安文艺运动,构建了中外文艺发展史上气象巍然的辉煌景观,开辟了文艺为人民服务的广阔道路。同毛泽东一样,每到春节,延安的文艺团体都要组织秧歌队,走上街头,拿出各自的拿手好戏,与群众共庆新年。1943年春节,正是毛泽东《在延安文艺座谈会上的讲话》发表的第二年，延安南门外人山人海，两万多军民聚集在广场上观看鲁艺等单位的演出，王大化、李波合演的《兄妹开荒》大受欢迎。颇有意思的是，在成千上万的观众中，有一位就是毛泽东。那天天气不大好，空中尘土飞扬。李波回忆说，她见毛主席在大风中坐在那里，身上也落了一层黄土，但他并不在意，身边有人递给他一个口罩，马上被他用手扒拉开，仍是兴味盎然地看着，不时张嘴哈哈大笑。这一年4月25日，《解放日报》发表社论，充分肯定那次演出是坚持为工农兵服务方向的成功实践。1944年春节，各单位组织的秧歌队就达到27家，上演节目150多个，延安群众文化生活的丰富多彩，由此可见一斑。

群众利益无小事。这句话我最早是从张汉武同志嘴里听到的。这位党中央在延安时的延安市市长，"文革"时从省上下放回延安，担任地区革委会顾问。为研究解决黄龙山区严重的克山病问题，他不顾年老体弱，多次深入病区，翻山越岭，奔波不息。我没有问过他，但我揣想，他这种急群众所急的作风，或许与他的一次特殊经历有关。1944年的一天，毛主席把张汉武找来，问，听说西川侯家沟的妇女大都生不下孩子，群众很着急，有各种议论，市上知道不知道？张汉武答，有这么回事，但不知道什么原因。毛主席说，那么多人不生孩子，可不能掉以轻心。会不会是水的问题，应该派人去化验一下。张汉武知道，在生产落后的陕北，没有孩子将来就没有劳动力，主席为此操心，看似小事，实是大事。谈话过后，正准备去作调查，中央医院的医生和领导也赶到了。原来，毛主席同张谈毕，又对医院负责人安顿过了。化验的结果，果然是村子里的水含有导致妇女不孕的物质，经过改水处理，问题得以解决。

在延安纪念馆陈列厅，我还看到一张便笺，是毛泽东写的，按时下的说法，是一张"条子"。讲解员介绍说，那一年，边区政府工作人员吴吉清的孩子得了重病，找了几位医生都束手无策，毛主席知道后，便写了这张条子给中央医院小儿科主任侯建存，请他"费心医治"。

一张"条子"，几多叩问，引人思索。

七

1948年3月23日，为了迎接中国革命在全国的胜利，毛泽东率中央机关东渡黄河，前往华北。他登上黄河东岸，回望陕北高原，情不自禁地说道："陕北是个好地方。"人们明白，毛主席讲这句话的时候，想到的不只是作为中国革命新的立足点和出发点,正是在这个地方,成就了他本人和他领导的中国共产党翻天覆地、前无古人的辉煌业绩,同时他还会想到那些13年来与他同甘共苦,心心相印,正直、善良、坚毅、忠诚的人民,那些高唱《东方红》《绣金匾》,高唱"共产党毛主席天心顺,普天下的老百姓都随了红军","哪怕人头挂高杆,一心要共产"的人民。

他会想起谢子长和刘志丹。正是这两位群众领袖、民族英雄从大革命时期就开辟的红色根据地,在危急关头迎接了自己的中央,迎接了"那些被通缉的人"。中央到达陕北的半年多前,谢子长已经牺牲,但他深受群众爱戴,被称之为"谢青天";他一家26人投身革命,9人献出生命的情况,毛泽东一定是知道的。否则不会三次为他题词,并亲自为他的陵园撰写碑文。刘志丹将军在中央红军到来之前曾遭到错误"肃反"的残酷迫害,但他襟怀坦荡,顾全大局,在毛泽东和中央的领导下,为促成西北红军与中央红军兄弟般的团结做出宝贵贡献。刘志丹1936年4月东征牺牲后,毛泽东无比惋惜地说,我到陕北只和刘志丹同志见过一面,就知道他是一个很好的共产党员。他的英勇牺牲出于意外,但他的忠心耿耿、为党为国的精神,永远留在党和人民中间,不会磨灭的。周恩来题词:上下五千年，英雄万万千，人民的英雄，要数刘志丹。

他会想到吴满有和杨步浩。他知道，有一年过年，劳动英雄吴满有把杀好的一头猪送给中央办公厅，他自己大年初一却在家里吃糠窝窝。而杨步浩，这位从小逃荒要饭的农民，在听到王震说毛主席、朱总司令也要和战士一样，完成规定的生产任务后，心里非常不安，再三申请要求为他们代耕。第二年麦收，他赶着两头毛驴将一石小麦送到杨家岭，毛主席亲切接见了他，向他表示感谢，鼓励他带领乡亲们努力发展生产，发家致富，支援抗战。杨步浩40岁生日那天，毛泽东、朱德特地派人送去贺礼，大红贺幛上写着"与人民同寿"五个大字。我在延安工作时，杨老就曾住我家隔壁，我多次听他讲过解放后三次去北京"探亲"的情况，讲毛主席如何给他的"盅盅"（小碗）里添饭，说他饭量大，一定要吃饱。那情景，真同回到自己家里一样，听来让人羡慕。不幸的是，在1977年7月6日那场特大洪灾中，杨老一家四口被夺去了生命，令人痛惜。

当然，他更会想到撤离延安前夕，在新市场召开的动员大会上，排山倒海般高呼"保卫延安""保卫陕甘宁边区""保卫党中央""保卫毛主席"的数万军民。会想到转战陕北的日子里，那些为"三支队"（中央代号）连夜通消息，冒雨带路，趟水架桥，过后在敌人严刑拷打下不吐一词，从而掩护支队即使在十分危急的情况下，在听到敌人的马叫声，军官的喝骂声时也能安全脱险的老乡们。甚至会想到靖边县小河村那个叫卜兰兰的小女孩，他曾教她识字，认她做干女儿，这个机灵的孩子还亲自动手为他做了一双布鞋，临别时非跟他走不可，哭得十分伤心。是的，他怎能忘记，这些可亲可敬的干部群众，为支援战争、争取全国胜利，曾承担了多大的牺牲！这个只有200万人口、20多万劳力的地方，1947年到1948年，就有两万多名青壮年参军，一万多名参加游击队。在生产受严重破坏的情况下，老百姓节衣缩食，为部队提供公粮568万石（每石300斤），军鞋30万双，到1949年的两年零五个月中，支前民工200多万人次，担架67万副，牲口250万头次，缴送的公草，仅1948年的粗略统计，就有3223万斤。无怪乎彭德怀感慨：边区的劳动人民，是我看到的政治上最有觉悟，对革命最有认识的人民！

执大象，天下往。"慎终如始，则无败事"（老子）。

八

日月如梭，岁月不居。岁月深处，有一个民族迅速崛起的精神宝藏，有昭示未来、导引前行的智慧密码。

1949年9月29日，为祝贺新中国的成立，延安各界给党中央和毛主席发去贺函。毛泽东接到贺函，"十分愉快和感激"，他在复电中称，延安和陕甘宁边区的人民对于全国人民是有伟大贡献的。他"并且希望，全国一切革命工作人员永远保持过去十余年间在延安和陕甘宁边区工作人员中所具有的艰苦奋斗的作风"。

1980年，邓小平在中央工作会议上号召全党：一定要宣传、恢复和发扬延安精神，并且强调"要大声疾呼和以身作则地把这些精神推广到全体人民、全体青少年中间去，使之成为中华人民共和国精神文明的主要支柱"。

新世纪以来，中央领导多次去延安看望老区人民，再三强调无论过去、现在、将来，延安精神都是我们战胜困难、取得胜利的法宝；任何时候，延安精神都不能丢！

毋忘延安。毋忘老区。毋忘那些卓励奋发的红色岁月。忘记，意味着背叛。

话虽旧，真理不会老去。

2011年4月26日
原载《人民日报》

黔北往事

1915年。旧金山。巴拿马-太平洋国际博览会。由中国政府选送的陶瓷、漆器、珐琅彩、丝绣和编织等手工艺品吸引了众多参观者的眼球。人们流连在这些美轮美奂的展品前,以旖旎的想象揣度着这个古老而神秘的国度,翘起拇指,连连称奇。

而在人头攒动的农业馆,那排赭黄色的茅台酒瓶就显得灰头土脸,少有问津。中国参展团领队陈祺反复端详,觉得如将它送到食品陈列馆,是一定会引起更多关注的。就在工作人员移动展品时，一瓶茅台从展架上猛地掉了下来，随着一声冰裂的炸响，一股馥郁的浓香扑地而起，立即四溢开来，弥漫到整个大厅。人们于是调头回身，闻香寻踪，纷纷围拢过来……结果正如所料，这种以独特工艺酿造的白酒，在有41国参与的博览会上，毫无争议地由高级评委会授予金奖。

有人对这件往事或许会有不同看法，觉得太传奇，太蹊跷，不可思议。但无论如何，自1915年在巴拿马博览会获得金奖，与法国白兰地、苏格兰威士忌一起被誉为世界三大蒸馏白酒，近百年来，茅台酒始终以其固有的品质和良好信誉，以及与中国革命和建设、内政和外交的许多重大事件、重要节点有过的密切关联，被尊之为"国酒"，当是不争的事实。

那天参加完酒厂的重阳祭酒大典，雨后的晚霞余晖中，我们来到红军四渡赤水的渡口。"四渡赤水"，这个毛泽东军事生涯中出神入化的得意之作，硬是在险象环生的危急关头，运筹帷幄，指挥若定，巧妙调度敌我双方，成功地将中央红军带出蒋介石的重重围困，创造了中外战争史上少有的奇观。

想起黄炎培先生那首不无诙谐的《茅台酒歌》：喧传有客过茅台，酿酒池中洗脚来；是假是真吾不管，天寒且饮两三杯。

我问讲解员真有洗脚一说吗,小姑娘笑笑,说完全是御用狗仔的瞎编乱造。事实是,(1935年)3月16日三渡赤水前夕,毛主席和军委首长来到突击架好的浮桥上,边走边夸"工兵连有办法",当时正有几名警卫员掮着从酒厂买来的竹筒散酒走来。毛主席问,你们扛的么子?陈昌奉答,王连长搞了点酒,给大家搽搽腿脚,消消伤。毛主席笑着说,茅台出名酒,不过用来搽脚,太可惜了……

其实,我何尝不是明知故问!我当然没有提到黄先生的那首诗,也没有讲那首诗的由来。

1945年7月,黄炎培与其他几位国民参政员应邀访问延安,曾与毛泽东就如何走出"其兴勃焉,其亡也忽焉"的"历史周期律"作了著名的"窑洞对"。这件事通过黄本人所写《延安归来》及此后大量文艺作品的征引,已广为流传。鲜为人知的是,就是那次访问,还有一段有关茅台酒的佳话。

黄炎培等到达延安次日,即与毛泽东在枣园会面。走进会客室,客人们赫然发现,窑洞墙壁上挂着一幅画,为沈钧儒先生的次子沈叔羊所作,上面画一个酒壶,上书"茅台"二字,旁有几个酒杯,而画上的题诗,正是黄炎培亲写的那首《茅台酒歌》。这幅作品作于1934年，正当国民党反动派大肆造谣滋事，掀起新的反共高潮之时，题诗中一个"喧"字，委婉地讥讽了谣言的荒诞与无聊，一个"客"字，又暗含对红军将士的信任与尊敬。黄先生见到这幅画，睹物度人，如遇良友，一种对共产党重情重义的知遇之感油然而生。

是日晚，毛泽东、周恩来等中央领导以茅台酒宴请黄炎培一行，宾主推诚布公，相谈甚欢。席间，陈毅看众人兴致正高，提议大家依黄先生酒歌原韵，联句为诗，以纪雅聚。于是公推毛泽东起首，他略作推让，随即吟道，延安重逢饮茅台。周恩来接句，为有嘉宾陕北来。黄炎培或是出于幽默，或是谦逊，仍用旧作原句，是假是真我不管。陈毅只好接应，天寒且饮两三杯。毛泽东见状，哈哈大笑，连连摆手说不算不算，随又换韵起句，其他人仍依次承接，重新联成一绝：赤水河畔清泉水，琼浆玉液酒之最。天涯此时共举杯，唯有茅台喜相随。

光阴似箭，时移势易，历史的逻辑正如毛泽东所言："人间正道是沧桑。"7年之后，已是上海市长的陈毅在南京招待政务院副总理黄炎培，两人抚今追昔，感慨尤深，遂又即席赋诗。陈毅：金陵重逢饮茅台，万里长征洗脚来。深谢赋歌传韵事,雪压江南饮一杯。黄炎培:万人血泪雨花台,沧海桑田客去来。消灭江山龙虎气,为人服务共一杯……

江山有代谢,往来成古今。这些见诸正史和报刊的历史珍闻,苦乐交织,记载着来路的艰辛与人情的温暖。因缘和会,又总予人"执大象,天下往"的启迪与激励。

返回遵义时,按行程安排,是要顺道去一个叫"苟坝"的革命旧址参观。"苟坝"?这在众人的党史常识中显然十分陌生。陪同解释说,那里离茅台镇很近,景色又很好,非常值得一去。

这果然是一个地势开阔而又风光秀美的小平原,在多山的贵州十分少见。四围青山隐隐,远近阡陌纵横,十多个村民小组散落在荞麦花、油菜花、格桑花盛开的原野间,相距都约里许。显然经过新农村建设的"打造",民房焕然一新,皆为白墙黛瓦的小楼。村际小路多以水泥、石板铺就,路旁偶见供行人饮茶小憩的凉亭。时值晚秋,清风习习,漫步其间,游目畅怀,确是一处天高云淡远离尘嚣的休闲胜地。镇党委书记讲,自建成红色旅游观光点,每年至少接待 50 多万游客,村民人均收入已达9000多元。

旧址在远处的马鬃岭山脚下,为黔西一带传统的木结构大型四合院落。据遵义县委党史研究室主任杨生国介绍,没有在这里召开的军事会议,就不会有随后的三渡赤水、四渡赤水,中国革命的进程也许会是另一种样子。

——1935年1月的遵义会议上,毛泽东当选为中央政治局常委。2月,中央红军二渡赤水,再夺娄山关,取得突围转移以来首次重大胜利。3月4日,中央军委特设前敌司令部,朱德任司令员,毛泽东为政治委员。在胜利情绪鼓舞下,3月8日红军总政治部发出《为粉碎敌人新的围攻赤化全贵州告全党同志书》,此时,红军正集结在苟坝所在的枫香镇和鸭溪一带,寻找战机,待时而动。

3月10日1时,红一军团军团长林彪给军委发来"万急"电报,称驻守金沙县的敌军是我军手下败将王家烈部队,建议立即攻打县城打鼓新场,并拟定了具体的兵力部署和进军路线。朱德接到电报,认为攻打打鼓新场有利中央红军西进开辟新的根据地,赞同林彪建议,而毛泽东则认为,金沙县城城坚濠深,易守难攻,且有敌人两个师的兵力守卫,贸然行动绝难取胜,故极力反对。前敌司令员和政委发生分歧，这真是给在中央负总责的张闻天和"对军事指挥下最后决心"的周恩来出了个不小的难题。

于是，张闻天立即在四合院堂屋召开有政治局成员、军委委员、军委局级干部20多人参加的会议，讨论林彪建议。会上，绝大多数同志和红军战斗员一样，迫切希望以新的胜利创建云贵川根据地，纷纷赞成"打"！只有毛泽东坚决反对。他并且在反复申述意见得不到认同的情况下，又犯了湖南人的犟脾气，竟以"这前敌政委我不干了"相"要挟"。对此，有人同样犯倔："不干就不干，少数服从多数！"争论异常激烈，气氛益发紧张，最后只好付诸表决。结果可想而知，毛泽东不仅意见遭到否决，还丢掉只当了6天的前敌政委的"官衔"。

回到住处，毛泽东神情黯然，"夜不能寐"。恰在此时，接到军委二局和三局送来的情报及敌军往来电报的破译稿，情况表明，蒋介石正在频繁调兵遣将，构筑防线，准备东西并进，南北夹击，一举歼灭红军主力。一场关乎3万红军命运的危险一触即发。毛泽东心急如焚，连忙提着马灯，摸着夜路，跌跌撞撞，气喘吁吁地敲开周恩来的房门。周恩来刚刚起草完准备第二天一早便要下达各部队的作战命令,听了毛泽东的汇报,大吃一惊,两人一起来到朱德住处,经过商量,取得一致看法,于是再次召开会议,决定放弃"硬打"的计划,毛泽东刚刚被递夺的前敌政委,又官复原职。

这戏剧性的一幕,在中共党史上或许未及详述,但在毛泽东记忆中从没有淡去。

1959年4月,中央在上海召开八届七中全会,毛泽东在讲到"工作方法"问题时就曾说过:"比如苟坝会议,我先还有三票,后头只有一票。我反对打打鼓新场,要到四川绕一圈,全场都反对我。散会之后,我同恩来讲,我说不行,危险,他就动摇了,睡了一个晚上,第二天开会,听了我的了。"

毛泽东此处所说的"要到四川绕一圈",正是他知己知彼,成竹在胸,避开强敌在运动中消灭敌人的战略构思。

苟坝会议后,"运兵如神"的毛泽东即巧妙排兵布阵,挥师茅台,于3月16、17日三渡赤水,继而调头,夺取遵义,又"分兵马鬃岭",虚张声势,掩护主力红军南下,接连取得突破乌江与威逼贵阳,佯攻昆明,巧渡金沙的胜利,终于把3万多红军带出蒋介石40万大军的包围，踏上"万水千山只等闲"的新征程。

杨生国在述及这段历史时，以归结性的语气感叹："看来真理有时还真在少数人手里。"

有人说过：历史的最大教训就是人们常常忘记历史教训。这样的教训，即使像毛泽东这样一生追求真理的伟大的马克思主义者，在某种特定的情境下，也在所难免。历史已做出公正的结论。毛泽东是人，不是神。他对中国革命和建设事业所做的贡献是永远不可磨灭的。我们应该做的，正是在提倡法治思维和法治精神，大力推进民主政治与和谐社会建设的奋斗中，完成他的遗愿，实现民族伟大复兴的中国梦。

2014 年 11 月 26 日
原载《文艺报》

遍地莲花

中国的莲花,有了周敦颐一篇《爱莲说》,朱自清一篇《荷塘月色》,便是写到了极致。那莲花"出污泥而不染"的品格,恬静怡然的风致,每每读来,都让人深心追慕,击节称颂。

因为文章,喜欢上莲花。这几年南来北往,实地看过不少,拍了不少,印象最深的,还数石城的莲花。石城号称"中国白莲之乡",村村有莲,户户种莲,那种情景气象,与园林中看到的迥然不同。从横贯全县的琴江沿岸走过,坪坝上,沟汊间,全是一方方,一层层,清香四溢,长势旺盛的莲田。那繁星般斑斓的莲朵,碧玉般莹润的莲叶,相接相拥,绵延百余里,像无尽的云锦铺展开来,把一千多平方公里的地面打扮得富丽妖娆,熠熠生辉。莲田周边,是林草苍翠的山峦。山脊的上方,穹庐般覆盖着辽远的白云蓝天。听不见机械的轰鸣击打,见不到车来人往的扰攘。万籁俱寂,洁净无尘,俯仰之间,除了莲花还是莲花。置身这样的环境里,你会不由地想到,在这烟尘弥漫、噪声盈耳的世界上,能有这样一方宁静的山水,一处清爽的天地,真算得人间幸事!

　　据莲农介绍,看莲花,最好是在太阳升起之后。莲花晨开暮合,最喜阳光,阳光愈足,开得愈好。杨万里说"接天莲叶无穷碧,映日荷花别样红",看来是其来有自的。那天趁乘坐的旅游大巴尚未到来,我一个人踩着田埂的露珠,走到大畲村的观光凉亭。凉亭在百亩莲田正中,竹木搭建,简洁而精巧,与周围景色十分协调。村庄静悄悄的,阳光煦微,凉风习习,倚栏望去,见四周鲜荷蓬蓬勃勃,灿然怒放,精气神十足,便急忙拿出相机,对准一簇簇或白或红环护着金粉嫩蕊的莲瓣,一张张或高或低承托着沉甸甸露水的莲叶,一个个或大或小鼓起饱满籽实的莲蓬,甚至一处处透着残缺美感的枯枝败叶，不停拉动镜头，愣是一通狂拍。一个多小时的跑前跑后，早已汗流浃背，但仍觉兴致未尽。须知，这大片的莲花猛看似无不同，但静心细品，却是风情万种，各具姿色：有的高雅，有的艳丽；有的端庄，有的娇羞；有的温婉柔媚，有的烂漫天真；有的从容淡定，有的神采飞扬。古人喻之为"凌波仙子"，想来真是再确切不过的。但我揣想，那仙子，指的当是曲江池畔优游燕乐的成群佳丽，而不会是苎萝山前临流照影的浣纱女。

太阳已近中天，园子里已是溽热袭人，加之游客渐多，便收拾行囊，抽身离去。村头阴凉处，见几户莲农正在加工莲子，旁边围一些游客，指指点点，问长问短，便也走上前去加入攀谈。

石城的莲子，以色白、粒大、清香味美著称。所谓"白莲"，指称的即是这种营养丰富的优质莲子，并非花的颜色。全县十万亩莲田，每年大约可收九千吨莲子，而莲藕、莲心、莲花、莲叶、莲须、莲蒂等又可入厨入药，是农家收入的主要来源。莲农老陈说，白莲品质好，但务劳起来是相当辛苦的。先得适时采收，趁天气凉快，每天四点左右就得下地采摘，莲蓬过嫩的不能摘，因莲子尚不饱满；过熟的也不行，莲子会老化。这得凭经验。采莲时,无论男女老幼,都得赤手光脚在泥水里操作。蚊虫的叮咬,莲梗倒刺的划痛是免不了的,但你都得忍着。其次,采回的莲蓬当天就得处理,包括上学前放学后的学生娃,全家人围坐一起,剥开莲蓬,取出莲子,再一粒粒剥去外壳、内膜,捅出莲心,而后拿到太阳下晾晒,等水分挥发完,又得取回来烘烤,这中间,火候的掌握也是十分要紧的……

"君看一叶舟,出没风波里。"听他的介绍,脑海里突然就跳出这两个诗句。

我插话问,一个人一天能剥多少莲子?答说6斤左右,每斤少说也有300颗莲子。又问,一年能有多少收入?答说六亩地,两万来块钱是有的。但他的老伴立即仰起头来制止,说瞎吹吧你,哪有那样多!虽是反驳,却止不住满脸笑意。老陈也禁不住笑了,说现在又不收税了,你怕哪样,没那么多,盖新房的钱哪里来,孩子娶媳妇的钱哪里来,上大学的钱哪里来,别人给的啊?老伴剜他一眼,说老不正经,你咋不说要受多大连累?老陈转向我们,说这倒也是,莲子好,作务难,栽种,浇水,施肥,除草,病虫防治,哪个环节都马虎不得,老婆子受了不少罪,是我家的有功之臣哩。大家一阵开心大笑,纷纷向她伸出拇指,而她却不好意思地推老陈一把,满脸通红说,谁稀罕你表扬,说是要给买个手机,半年了也不见踪影!

临了,两口子非得送我们每人几个莲蓬,说天热易上火,拿几个尝尝鲜,在车上解解闷。大家自然不好白要,表示要掏钱,老陈一脸诚恳地说,小看乡下人了吧,千百年前我祖上也是中原来的,就算认个老乡行吧?于是只好道谢而别,并祝他们生活幸福美满。

说来这石城还真是我国著名的客家族系发祥地。晋代以降,中原士族百姓五次大规模南迁,最早便是在这方"环山多石,耸峙如城"的地界上安定下来,垦地置业,休养生息,而后随着人丁的增长和家族的兴盛,一部分人又陆续穿越武夷山,东进闽西,南下粤东,寻求新的拓展,故石城又有"闽粤通衢,客家摇篮"之称。现在的石城县,古风犹存,从建筑风格、礼仪习俗,到饮食品类、方言土语,都可寻觅到浓郁的中原文明的古老气息。饶有兴味的是,即使是现在,在通往各乡镇的路边,仍可以见到一座座叫"五里亭"的砖砌建筑,形似房屋,阔约三间,是乡民们自愿捐建供行人乘凉避寒、歇息打尖用的。进到里边,夏天,会有用鱼腥草或其他草药冲泡的大桶茶水供人解暑,冬天,则会有早就生好的火盆给人融融暖意,此外凉亭里还预备有碗筷、草鞋，甚至棺木，也都是乡民自动捐献供随便取用的。如今日子越过越好，交通也十分便捷，那些五里一亭的设施已失去原先的功能，有的被改作公交停车站，但它们仍完好地保留在那里，瞩目之际，常会引发人们对客家文化的种种遐思。

石城还是当年中央苏区的核心区域，南临瑞金，北接广昌，东西与宁都、宁化交界。1934年中央红军长征前夕，为击退敌人的进攻，给中央机关和主力红军集结转移赢得时间，由彭德怀、杨尚昆指挥红三军团，在这里发起历时12天的阻击战。石城人民不仅舍生忘死地支援了这场著名的战役，而且正是在这最困难最危急的时刻，将16000名优秀子弟送去随军征战。当我们在纪念馆了解到这16000名子弟最后到达陕北的，只有53名，而镌刻在烈士名录中有名有姓的，也只有4000多名时，我们的心真是被深深地刺痛了，被强烈地震撼了，客家儿女为中华文明所做的贡献，为中国革命所付出的牺牲，让在场的每一个人感叹唏嘘，为之动容。

从展览大厅出来，在"红色主题广场"漫步，我似乎对遍地莲花的石城又多了一分理解：石城人爱莲、种莲，对莲花情有独钟，难道仅只是出于经济方面的考量？这中间，不也寄寓着他们对美好事物的向往，对高洁品格的景仰，对幸福生活和光彩人生的追求么？

周敦颐说，菊，花之隐逸者也；牡丹，花之富贵者也；莲，花之君子者也。噫！菊之爱，陶（渊明）后鲜有闻。莲之爱，同予者何人？牡丹之爱，宜乎众矣。

呜呼！莲之爱，同予者何人？！在炫富拜金、物欲横流的社会风气下，这位理学宗师千百年前的诘问，无疑是出了一道会让一些人颇感难堪，又让更多的人清夜扪心、深长思索的考题……

2010 年 8 月 26 日
原载《都市美文》

沂蒙行

飞机进入临沂上空,心头止不住一阵猛跳。其实我只是第一次到这个地方,这种近乡情怯般的激动,说不清从何而来。是小说《红日》?是舞剧《沂蒙颂》?是影片《沂蒙六姐妹》?还是与生俱来的老区情结,挥之不去的红色记忆?也许是,也许不是。但这种油然而生的亲近感却是千真万确,连自己也觉得奇怪。

一切出乎想象。这个当年战斗最激烈、最残酷的老根据地,山青水碧,到处绿树成荫。宽畅的马路,栉比的楼群,整洁的市容,耸入高空的电视塔和纵贯沂水两岸的滨河公园，街头人们入时的衣着和写在脸上的充实、自信，无不透出这个城市欣欣向荣的现代气息。市里的同志介绍，临沂现有人口达到1200万，经济总量和公共文明指数在全国老区地市中排名第一，是国家级的历史文化名城和红色旅游城、双拥模范城。最能显示发展水平和繁荣程度的，是沂河南岸的贸易市场。这个占地30多平方公里的巨大商城，仓储遍地，货物云集，来自全国29个省市区和世界30个国家、地区的客商，每天都在30万人以上，年物流货运量8000万吨，商品成交额600多亿元。当地人开玩笑说，除过军火，这里什么都能买到。临沂，已成为长江以北最大的物流中心和商品集散地，向有"南有义乌，北有临沂"之说。

可供自行支配的日程只有半天。午饭后，利用仅有时间匆匆赶往河西的华东革命烈士陵园，以了却此行早在计议中的这桩心愿。

这些年走过不少地方，临沂的这个陵园，应该是我印象中管护最为精心、环境最优美最幽静的一处英烈墓地。从宏伟的坊式大门迈入，一条宽阔笔直的大道从脚下伸向看不见的远方，两旁栽有剪修整齐的冬青短墙，短墙外绿草如茵，遍开迎春和不知名的野花。所有建筑都掩映在苍松翠柏和竹林花丛间，望中郁郁葱葱，气象森然。陵园的中心台地，亭式结构的基座上耸立着巍峨的纪念塔，正面是毛主席的题词：革命烈士纪念塔。字迹遒劲有力，给人庄严肃穆的感召。塔周镶嵌着刘少奇、朱德、刘伯承、陈毅等人的题词刻石，字里行间，寄托对烈士的缅怀和褒扬。

以南北大道为中轴，东西两区分别有粟裕骨灰撒放处和罗炳辉、王麓水及国际友人汉斯·希伯等七处墓冢。粟裕将军在华东地区声威远播，各地长期流传着"毛主席当家家家旺，粟裕打仗仗仗胜"的歌谣。来前刚看过电视连续剧《东方》，对将军授衔时屈己让贤、一再上书辞让的高风亮节印象深刻，到此尤感钦敬。罗炳辉的传奇故事最早也是通过电影知道的，这位被毛主席称为"一心追求真理"的将军，驰骋疆场，屡建战功，不幸在指挥著名的枣庄战役后逝世，年仅49岁。陈毅元帅有诗悼念："革命不自惜，一朝成永诀；三军皆雨泣，临穴瞻遗容。"陵园特地为他雕像建亭，也是青山忠魂，得其所哉。

从纪念塔再往北走，就到了烈士纪念堂。这是一处双层飞檐、斗拱交错的宫殿式建筑，老百姓俗称"无梁殿"，寄寓"功德无量"的意思。堂内迎门的石碑上有周恩来、任弼时的题词，两侧碑石直通殿顶，镌刻着6万多名烈士的姓名,其中3万多名是沂蒙山区人。纪念堂东西两旁,是革命战史陈列馆和烈士事迹陈列馆,分别介绍了日照武装暴动、岱崮阻击战、孟良崮战役等重要战例,和罗炳辉等32名英烈的生平事迹。馆里资料显示,仅宿北、鲁南、孟良崮、济南、淮海、渡江作战六大战役中,沂蒙群众就出动民工1052万人次,担架43万副,大小车辆180万辆,船2万9千余只。诚如陈毅同志所说,淮海战役的胜利,是沂蒙人民用小车推出来的。老区群众对中国革命的贡献,可昭日月,永彪史册。

这个陵园是1949年4月动工修建,历时两年多,1952年"七一"落成。据说当时有不少民众自动捐款捐物,送粮送菜,踊跃参加义务劳动。有的把门板房梁,甚至把坟地的碑石也送到工地,听来真让人感动。记得郁达夫烈士说过,一个没有伟大人物出现的民族是世界上可怜的生物之群;有了伟大人物而不知道爱戴、崇仰的国家是没有希望的奴隶之邦。沂蒙人民对先烈的崇敬,对陵园的重视,对自己光荣历史的珍惜,正是中华民族景贤仰德、慎终追远优秀伦理道德的体现。自然,也与他们急公尚义、博大浑厚的地域品格有关。尤为可敬的是,这种品格在现代化建设的实践中同样得以传承、发扬。想想看,那个30多平方公里的商贸城扩建过程中,得迁移多少家户、多少村庄,但临沂人讲,没说的,为了长远发展,眼前损失点没啥。政令一出,立马行动,有的把刚建好的新房拆掉,也无怨无悔。

这次临沂之行,时间虽短,但所见所闻,令人振奋。临沂的山青了,水绿了,战争的烟云被祥和的变革气氛所取代,拼血厮杀的旧战场变成了幸福的家园。而不变的,是沂蒙人民爱党拥军的优良传统,是开拓进取的奋发精神。他们以改革开放的杰出业绩延续着先辈开创的事业,实现着无数先烈苦苦追求、生死以之的梦想。

江山不老,事业常青。一路上,脑海里不时闪现任弼时同志在陵园纪念堂的题词:

你们的功绩永垂不朽!

2011年5月1日

原载《光明日报》

走巴中

上世纪60年代初，刚学写诗，从阅览室读到陆棨的组诗《川北放歌》，觉得格调昂扬，意境清新，句式明快凝练，无论内容形式，都堪作范例，随手抄录下来，不时翻看背诵，半个世纪过去，有些句子仍能记得。如"通，南，巴，红军的老家。家门口，就是旺苍坝。"如"顶风顶雨过巴中，榴花似火红。正是播种时节，千万双巧手，染绿了南北西东。"等等。

组诗写到的"通，南，巴"，即通江、南江、巴中，是土地革命时期川陕根据地的核心区域,现统属巴中市。1932年10月,中国工农红军四方面军反"围剿"失利,从鄂豫皖出发,经过两个多月的艰苦转战,翻越秦岭、巴山,解放通江、巴中、南江,创建了川陕革命根据地,并随之开展大规模的军事整编和政治、经济、文化、法制建设;到1935年春四方面军为策应中央红军入川奉命撤离苏区,仅两年半时间,根据地的红军由入川时的1万4千人发展到8万多人,党组织和苏维埃政权覆盖全省24县、5千多个乡村,成为拥有4万平方公里面积,560万人口的"中华苏维埃共和国第二个大区域"(毛泽东)。

我们的走访从通江开始。这里曾是川陕革命根据地的首府,川陕省委和红四方面军总部所在地。为期三天的行程中,川陕苏区将帅碑林,川陕根据地博物馆,毛浴会议旧址,王坪烈士陵园,苍溪"红军渡",以及沿线乡镇焕然一新的"巴山新居",所见所闻,无不强烈感受到苏区当年风起云涌、热火朝天的时代氛围,和全体军民朝气蓬勃、卓励奋发的革命热情。

"红军人马进巴山,沿途撒下红传单;一张传单一把火,千里巴山红了天"。正如这首民歌描写的,一路上,最让人震撼和赞叹的,是那些随处可见,涂写和凿刻于山崖石壁、关隘渡口、城堡院墙、街道两厢,虽经风侵雨蚀尚保留完好的红军标语：打倒土豪劣绅。取消一切苛捐杂税。拥护苏维埃政府。不种鸦片多种粮食来消灭敌人。点遍洋芋苦荞菜蔬不让苏区土地放荒。共产党是工农穷人的政党。为独立自由领土完整的苏维埃新中国而斗争……

这些通俗简短、明白如话的标语，据普查，在红四方面军战斗和途经的陕南、川北多达上万条。其中最大的两条，是分别鉴刻在通江景家原和佛耳岩悬崖陡壁的"赤化全川"与"平分土地"。这两条标语每字见方四米，整幅面积都在400平米左右，几十里之外看得清清楚楚，被誉为中国革命史绩的奇观。因离地太高，海拔千米以上，我们只能在对面山头停下车来，回望它恢弘磅礴的气势，感受它字里行间踊跃而来的历史信息。

"过河靠撑船，革命靠宣传"。这是红军时期流行的一个政治用语。徐向前元帅在《历史的回顾》中说过，红四方面军有个好的传统，部队走到哪里，宣传到哪里，满街满墙，都是我军张贴的传单和涂写的标语，街头巷尾，均有指战员宣传党的政策和红军宗旨，指战员的言行成了群众摆龙门阵的中心话题。徐帅所说的这个"好的传统"，我们在参观通江的毛浴古镇后有了进一步的认知。1934年11月1日至9日，红四方面军在这里召开党政工作会议，连以上干部800多人参加，张国焘、徐向前、陈昌浩等主要领导全部出席。会议在分析形势，总结经验的基础上，确定以"智勇坚定，排难创新，团结奋斗，不胜不休"为统一思想、鼓舞士气的政治训词。82年过去，这十六字的训词至今在川陕地区广泛传颂，作为"红军精神"的准确概括，它仍将鼓舞老区人民在新的征程中披荆斩棘，开拓前进。——"一切从实际出发、实事求是"的纲领和主张总是有长久生命力的。

毫无疑问，在艰苦紧张的战争条件下，这种以标语口号为普遍方式的大众化社会化宣传，对动员和组织群众，启发他们的阶级觉悟，推动根据地的建立和发展长大，发挥了不可替代的作用。正是得力于这种入耳入脑、切实有效的宣传鼓动工作，当时的苏区，为保卫胜利成果，各地纷纷建立游击队、赤卫军、少先队、童子军、妇女团等地方武装组织，同时还把自己最优秀的儿女送往前线，参军打仗。据资料记载，仅通、南、巴三地，参军人数就达12万之多。当时的通江县总共23万人口，参加红军的就有4万8千人。这些通江籍将士，多数牺牲在保卫苏区的战斗中和长征路上，到全国解放时，幸存的不到4千，加上红军离开苏区后被国民党还乡团杀害的干部，至少有5万通江儿女为中国革命献出生命。

在红四方面军总指挥部旧址，讲解员在介绍陈列内容时，漫不经意地讲到这样一则轶闻，却让在场听众无不动容：1961年，12岁参加红军，时任北京卫戍区司令员的傅崇碧将军来到成都，想顺便回通江老家看看。不想消息传开，就有大批红军家属从四面八方赶往县城，想当面打听当年由他亲自动员并带领参加长征的亲人的下落。当工作人员将这个情况报告给将军，只见将军的脸色立时变得异常凝重，他神情困窘地背过身去，半天无语，临了回过头轻轻叹口气说："咱回北京吧！"这一声叹息包含了什么样的复杂况味，几十年来一直是坊间揣测议论的话题。

这让我想起此前在媒体上看到的另一个故事：大墩梁战斗。地点，会宁城南。时间，红军主力会师后的10月23日。战斗打响，7架敌机轮番轰炸，红四方面军第五军87名将士壮烈牺牲。司号员李克玉和大批战友受伤。战斗结束，红五军军长董振堂在掩埋战友遗体后安抚伤病员说，同志们，我相信淳朴善良的会宁人民会善待你们，全力保护你们的，你们留下来养伤治病，给他们当儿子当女婿都可以，伤好之后，我会亲自来接你们归队！李克玉老家在四川康西，当时17岁，部队走后，他留在会宁张老汉家养伤。白天，他把军号抱在怀里，晚上，放在枕头边，每当思念战友怀念部队而泪流满面时，就走到野外偷偷吹上几声。伤好后，他每天抱着军号到大墩梁山头上，凝望北方的天空，盼望战友们能出现在他的视线里，盼望董振堂军长能早日接他归队，然而他又何曾想到，董军长和1万多名西路军战士，已经长眠在河西走廊的戈壁山野间⋯⋯

云山苍苍，江水泱泱。6月的大巴山，云雾缭绕，峰峦叠翠。在离通江县城46公里的沙溪镇王坪村，我们瞻仰了川陕革命根据地红军烈士陵园。这是全国最早、最大，在我看来也是环境最优美、管理最精心的红军墓园。陵园依山而建。从面积1万平方米的纪念活动广场到山顶的纪念馆，一条341级台阶的步道贯穿中轴线上，总长1华里。晴空白云下，苍松翠柏间，一座六柱五门、汉白玉条石结构的牌楼大门岸然耸立，显得格外高洁。进得大门，迎面是1934年由红军总医院修建的红军墓区，包括纪念碑和一座7600多名烈士的"集墓"及40座师团职烈士墓。春风秋月，苍壁青冢，墓区仍保持当年原貌。在靠近走道的一座墓碑前，我蹲下身来试着辨识上面已然斑驳的文字，只见写着"旷继勋烈士之墓。贵州思南人，1898年生，1926年加入中国共产党，曾任中共中央军事部参谋科科长，红六军、红十五军军长，红四军师长、军长，川陕省临时革命委员会主席。1933年6月因'肃反'扩大化被错杀，1945年七大被追认为革命烈士。"这段客观写实的文字，显属后来补刻，默读之际，思绪纷然，感慨丛生。

集墓区往上，是新建的无名烈士纪念园区，17225座白色墓碑呈扇形分布，整齐地排满整面山坡。墓碑没有姓名文字，每块的上端刻有一颗红色的五角星，远远望去，恍如演兵场上成千上万将士有序集结的英武阵容。讲解员介绍，这些无名忠骨，是2012年陵园整修扩建时，从全县40多处红军墓地迁葬过来的，让他们在这宁静的环境里安息，总算了却全县人民多年来的一桩心愿。有媒体朋友脱口插话：岂止全县，也包括全党，全军，全国人民啊！

是的。一切为国家独立、民族解放舍生忘死前赴后继的先辈们、英烈们，都将为党和人民铭记和缅怀。"你们的名字无人知晓，你们的功绩与世长存"。也许是下意识要为这句广为传颂的碑铭寻找最可靠的诠释，一路上我不厌其烦向陪同人员请教最多的一个问题是，岁月悠悠，沧桑变幻，巴中的红色文化遗存包括那些石刻标语、革命旧址、烈士墓园及种种纪念设施何以能得到如此有效的保护？而无论市委书记、宣传部长或县乡同志回答几乎完全一样,说这没有什么可奇怪的。这是老区人民对光荣历史的珍惜,对革命先辈的崇仰,对优良传统的自觉守望,是融化和积淀在干部群众思想上、血液里、情感中根深蒂固的意识和行为!

正所谓不忘本来,才能更好地开辟未来。现在的巴中,干群一心,正为建设全国连片扶贫开发示范区攻坚克难,奋发进取,各项事业突飞猛进,居民生活显著改善,一路见闻,倍感鼓舞;而干部群众发扬革命传统,守望精神家园,传承红色基因的精神风貌,尤其令人感动。近据媒体报道,6月29日,中国共产党成立九十五周年前夕,国务院召开常务会议,做出"采取特殊政策、促进川陕革命老区振兴发展"的部署。这一顺天应时、合乎民心的决策,无疑会为奋进中的老区注入新的活力。老区的全面小康,指日可待。

这样的地方,这样的群众,应该而且必将有光明的前景和幸福的未来。

2016年8月16日
原载《人民日报》《光明日报》

连城瞻礼

对连城的心仪,是在读过项小米的长篇小说《英雄无语》之后。那些一眼望不尽的铁红色大山及充斥在山野间的桐子花的清香;那些笃实、文气而又诘屈难懂的客家方言及醇厚的风土习俗;那些发生在这块贫瘠土地上"像埋在地下的根纠纠葛葛一辈子"的情感故事,长久萦回脑际,挥之不去。以至一旦身临其境,一切都显得既陌生,又亲近,恍惚间总有一种似曾相识的感觉。这,或许就是人们通常所说的"文学的魔力"吧。

弥漫在山野间的书卷气

到达连城的次日，主人便亮出他们的"精彩名片"：游冠豸山。

这座项小米小说中一再提及的大山，距县城不到3华里，最高海拔600米，属武夷山余脉。离城这么近的地方，一峰突兀，气象巍然，这在旅游业愈来愈热的当今，自然便成为连城乃至整个闽西一份得天独厚的资源，现已辟为风景名胜区。景区内，林木翁郁，峰峦叠翠，步移景换间，不外碧水丹崖，云栈石级，与别处没有太大区别。让人流连驻足，心神追慕的，倒是那些化石般蕴含在各处景观中久远的文化沉淀，那种与清新空气一起盎然散发的浓浓的书卷气。

冠豸山元代以前曾叫东田石、莲花峰，后因山形像古代法官所戴的"獬豸冠"而被重新命名。余学也浅，不知道中国众多名山大川中哪一处有过如此古奥生僻又寓意深邃的命名。只此一点，便能觉出连城人非同一般的学养见地与追求世道公正的人文憧憬。冠豸山的由来，据记者黄和泉采访，民间有一种流传，说有一位仙家擅长"赶山"之术，听说福建地面历来出不了皇上,是因闽江上游的九龙江河道过直,水流一泻而下,走漏了风水,便挥舞神鞭,驱赶武夷山的一列巨石,试图堵拦江水使其迂回弯流,不意走到连城时因迷恋当地景色的宜人、地瓜的甘甜、米酒的清香与村姑的多情好客,一夜沉醉,便忘其所以,把这山石丢给了连城,雄踞东田。这故事颇具文化品位,虽属口头文学,但与那些穿凿附会、生编硬造的说辞截然不同。

连城人一向以崇文重教的传统引为自豪。而冠豸山众多的书院遗迹,无疑为这自古已然的风尚提供了充分的佐证。山间书院最早开坛于宋代淳化年间,由文亨镇的罗氏家族兴建,著名理学家罗从彦曾到此课徒讲学,现在尚存署额为"仰止亭"的八角形书斋。南宋,邑人丘鳞、丘方叔侄结庐五老峰下,受业于朱熹的高足杨澹轩,后联翩登第,是为"二丘书院"。受其影响,当地名门望族纷纷效法,冠豸山中于是馆舍棋布,文风大炽。著名的有元代沈姓的"樵唱山房",明代李姓的"修竹书院",谢姓的"东山草堂",以及清代改建后面向全县子弟开门办学的"五贤书院"等,均为连城培育了不少俊杰人才。在东山草堂,我们见到林则徐于清道光甲申初夏为谢氏后裔撰写的一块匾额，上书"江左风流"四个大字，右上方题识为"小田年弟偕子侄读书弦诵于东山草堂，风雅名流，不愧为乌衣之族，因题赠曰"。此外，主持改建五贤书院的知县秦士望在书院落成后曾撰有一联："渡大海而来，舟车所至，耳目所经，到此林泉，殊觉标新领异；登东山之上，风月为朋，烟霞为友，入斯佳境，俨然脱俗超凡"。当年莘莘学子的勤奋与冠豸环境的优美，于兹可见。

正因为这里是一处文风盛鼎而又风光旖旎的绝佳名胜，历代高人韵士或卜居潜研，或慕名登临，情兴所至，留有许多诗文书画作品，亦为连城人宝贵的文化财富。纪晓岚的题匾"追步东山"，林则徐的"谢邦基墓志铭"，童能灵的《冠豸山堂文集》等，均是其中足垂后世的珍品。摩崖石刻中，以滴珠岩上方的"冠廌"（"廌"为"豸"之异体）最为醒目，为明代名儒黄公甫所书，字为隶体，气势沉雄，力若千钧，是冠豸景区的点睛之笔。此外，今人赵朴初的"造化钟神秀"、项南的"万峰朝斗"亦各有千秋，前者儒雅，后者豪迈，皆为上乘之作。特别是项南的题字，凿刻于莲峰最高处的一面峭壁上，岸然超拔，雄视万古，在公路上老远就可眺望得见。位置如此突出，我想无非是为了表达老百姓对这位政绩卓著、刚直不阿的共产党人由衷的爱戴和敬重吧。

据考文献，豸，即獬豸，荒漠中的异兽，形似羊而一角，能触邪佞，"见人斗，触不直者；闻人争，咋不正者"，楚王以其形而制衣冠，秦而后用作御史冠饰。明人张应珍题冠豸山诗云："天设巍峨獬豸冠，俨如柱史立朝端；月明山下豺狼过，远望威如胆自寒。"

由此，我忽发奇想：在强调廉政建设的今天，倘能分批组织各级"官吏"都能到此一游，以人为镜，以史为鉴，做一番感悟反思，这对扶正祛邪激浊扬清或许会起到某种意想不到的警示作用；对连城，无疑也是一笔不菲的旅游收入。寓教于乐，一举两得，何乐而不为？

语涉谵诳，聊博一笑。

逝去的岁月与活着的歌谣

连城是第二次国内革命战争时期中央根据地的重点县之一。"红旗跃过汀江，直下龙岩上杭，收拾金瓯一片，分田分地真忙"。毛泽东在这阕著名词作中描写的，便是当年包括连城在内的闽西地区如火如荼、轰轰烈烈的景象。

"这是一个盛产烈士的地方。"项小米在她的小说中一往深情地写道。"然而,人们只知道江西,不知道闽西,只知道中央红军长征牺牲了5万人,不知道同一时期这块小小的土地上就付出了整整20万精壮汉子的生命。"

而新泉,无论是连城还是整个闽西,无论是红色文献还是口口相传的野史中,都是一个被屡屡提到的地名。

我们是在一个天气晴好的下午去的。这个有数百年历史的古镇,地处闽、粤、赣三省交通要冲,距瑞金、连城、龙岩、上杭大约都只100来公里,以温泉洗浴和客家美食闻名远近。旧迹斑驳的瓦房鳞次栉比,清澈的连南河回环而过。老街,小巷,拱桥。翠竹,古榕,沃野。像一幅淡淡的水墨画,气韵氤氲地渲染着上千家居民祥和安宁的光景。

而在当年,这里曾是连城县第一个红色政权所在地。连南十三乡工农暴动声震闽西,更因中央红军的"新泉整训"留下许多佳话。

1929年冬,正是"风云突变,军阀重开战"的紧急关头,毛泽东、朱德、陈毅率领红四军从长汀来到新泉。为了纠正党内的"非无产阶级思想"和错误倾向，总结建军两年来的经验教训，毛泽东多次召开士兵座谈会、农民座谈会、干部座谈会，调查研究，听取意见，为拟议召开的红四军第九次党代会（史称"古田会议"）作思想和工作的准备。毛泽东等领导人食宿和办公的地方，是清代咸丰年间建造的一处书院，为一厅四室砖木结构的平房。毛、朱、陈的房间只一墙之隔，声息相闻，面积都不到 10 平方米。院子的外观倒是相当典雅，翘角门楼，条石门框，横额刻有"望云草堂"四字，两旁竖联为"座中香气循花出，天外泥书遣鹤来"。伫望之际，会油然联想到作为诗人和政治家的毛泽东，不论在何种情况下都能保有的那种浪漫气质和从容风度。

连城有丰富的地热资源，而以连南河畔的新泉温泉最负盛名。温度高达 90 度的泉水从岸边汩汩涌流，使河流变成一条半边热水、半边凉水的"阴阳河"，是当地群众浣洗和沐浴的绝好场地。部队整训期间，红军干部战士们便常于开会、学习、操练之余，成群结伙到河里去洗衣泡澡，消除连续征战与紧张操练的疲劳。由于驻扎的队伍多，前去洗浴的战士整天不断，便与当地群众的清洁习惯形成矛盾，特别是妇女，尤感不便，无论何时去，总会撞上几个赤条条躺在水里的士兵，羞臊窘迫之状不难想来，街谈巷议间也啧有烦言。消息传开，引起毛泽东和其他首长的高度重视，经研究，特地在井冈山时期制定的红军"六大注意"之外增加了一条"洗澡避女人"，号令各级严格遵守。这"七大注意"便是后来闻名中外、在军队建设史上起到极大作用的"三大纪律，八项注意"的雏形。文字虽嫌粗砺，却通俗易懂，比现在一些机关套话连篇、大而不当的文本管用得多。

在新泉，毛泽东还亲自组织创办了党的历史上第一所妇女干部学校，即"工农妇女夜校"。那些过去成天围着锅头转的劳动妇女，通过学文化、学军事、学生产知识，觉悟有了很大提高，她们带头放天足，剪长发，实行婚姻自由，争取男女平等，并踊跃参加打土豪、分田地斗争，担负起慰劳红军和巡逻放哨的任务。当时，连南地区各乡各村陆续开办的妇女夜校多达18所，学员700多人，其中不少人后来参加了红军，为革命做出了突出贡献。据老乡介绍，最早的学员中有一位叫张素娥的，模样俊俏，性格活泼，举止大方热情，出于对毛泽东的崇敬，经常为他端茶倒水，洗衣送饭，生活照顾无微不至。红军离开新泉时，张素娥依依不舍，期待革命成功时队伍再回镇上,与他们相聚。张当时只有 18 岁,此后终身未嫁,孤老而终,想来让人叹息。但她在世时,地方民政部门确实也按照上级指示对她有过优抚关照,闻之稍感释然。

意外的是,在夜校旧址,我们竟然遇到了张素娥的侄女,一位身材修长富态的老妈妈。出于种种顾虑,我们不便过分打听她家的前尘往事。而她,反倒是非常地亲切随和。在介绍到夜校开办情况时,还应我们的请求,为大家唱了一支当年流传的《妇女解放歌》:

清早起来,做到日落后,
风吹雨打苦难谁人知。
真正痛苦啊,真正可怜啊,
劝我们妇女快快觉悟起。

字也不会写,书也不会读,
拿起算盘也不会算。
一生受人来欺,永世不自由,
劝我们妇女快快来上学。

地主恶霸剥削我穷人,

挑拨离间破坏我团结。
我们要热心加进工农会，
打破旧封建，实行新民主。

多么明快的旋律。多么朴实的歌词。我在想，比之当下那些时尚化娱乐化作品，这首歌既不"先锋"，也不"朦胧"，与"意识流"毫不靠谱，但它确曾以其特有的魅力，动员成千上万的劳动妇女翻然奋起，义无反顾地加入革命洪流。这样的作品，这样的社会效果，又岂是我们某些自视高明而鄙薄革命文艺传统的文艺家能够做到的！这样想着，在众人动情的掌声中，我不由得弯下腰来，深鞠一躬，向老妈妈，也向这首歌的不知名的创作者。

四堡辉煌的记忆

不到四堡，你绝不会想象到这个在崇山峻岭间偏处一隅的山乡，这个在夕阳下偶尔传出一两声鸡鸣犬吠的宁静村镇，历史上曾有过那样的辉煌，曾对中华文明的传承弘扬起到过那么重要的作用，产生过那么巨大的影响。

四堡,原名一说为四保,因其地处长汀、连城、清流、宁化四县交界,各县均有保护之责。一说为四宝,因其曾为闻名遐迩的文化市场,如北京的琉璃厂,笔墨纸砚,字画古董,图书典籍,应有尽有,因以简称。一说还是应叫四堡,因其繁华热闹,富贾云集,为平安计,四处筑有堡墙。而不论作何解读,都与它当年发达昌盛的出版印刷业有关。

据《连城风物》记载,四堡的雕版印刷早在宋代就已发轫,至清乾隆时进入全盛。当时,由四堡街南北延伸,十里官道两边,印场栉比,书肆棋布,招贴高悬,市声不息。书坊中,规模宏大者有40余家,著名的有林兰堂、万竹楼、五美轩、敬业堂、文海楼、素俭堂等,中小者多不胜数。出版的书籍,从经史子集到诗词小说、幼学启蒙、卜筮星算、医药养生等,卷帙浩繁,汗牛充栋,除部分当地销售外,更多的则是通过北线、西线、南线三个通道运往湖广、川陕、山东等十三省份百余州县,以及东南亚各国。各地前来订货者更是络绎不绝。小小的四堡,一时誉声鹊起,名扬四方,成为垄断南部中国的出版基地和文化中心。

由于出版的书目种类繁多,据统计达9大类900余种,为协调各方利益,防止无序竞争,行业内制定有严格的生产经营规则。每年正月初一，各书坊都须将一年来各自刻印书目及其封面张榜公布，以便各书坊相互了解，不再刊刻同类书籍。偶有重复，则由族长或权威人士出面协调，避免纠纷。各家的雕版都刻有"藏版所有，翻刻必究"字样，可以相互租借，但租印时务须采用原书坊的堂号、封面、装订样式等，不得另有标志。看来选题管理和版权保护自古已然，非自今日始。而"买卖书号"，则无疑是国家垄断出版以来业界人士的创新发明。

说到出版业的兴起，四堡人不能不提起他们的光荣先辈马驯和邹学圣这两个人物。马驯，字德良，号乐邱，明永乐十九年生，官至二品，做过户部主事，都察院右都御史，四川右布政使，湖广巡抚，66岁时因思念母亲"所烹粥味甚美"，遂挂冠去职。据说正是因他在告老还乡时为修族谱，刊诗文，将汉口等地的印刷技术也带了回来，四堡的雕版印刷才由此发端。其七世孙马襄，为清代著名画家，与"扬州八怪"之一的"瘿瓢山人"黄慎过从甚密，绘有《扶风十二景》，极赞四堡景致之优美。邹学圣，明万历年间人，曾在浙江任职，辞官归里时，因其夫人留恋故乡杭州的风习，又担心子女的教育，遂购置了杭州元宵灯艺和全套雕版印刷设备，在雾阁村首开书坊，"镌经史以利故人"，四堡书业由此逐步崛起。这也只能是聊备一说，未加详考。但邹氏瓜瓞绵延，代有鸿儒政要，却是事实。几百年来蒙学必读的《幼学琼林》，即是由其后人邹圣脉于乾隆时增补完缮的。至于著名出版家和报人邹韬奋，更是蜚声中外，有大功于国家民族。在四堡，我们看到了邹家华同志的一帧题词，益发勾起了大家对这位新中国新闻事业先驱的深切缅怀。

沧海桑田，世道陵夷，四堡的雕版印刷究竟经历几世几劫，何时走向衰落，已漫漶无考。现在遗存的，尚有古书坊一百余处，均高墙大院，建构宏阔，门楼上飞檐翘角及书写工稳的堂号、楹联，厅堂里祖牒神龛与制作敦厚的案几、墨缸，都让人联想起往昔宏富的气派与员工们选本、誊写、雕刻、印刷、装订、运送等紧张劳作的繁忙情景。因一直有人居住，故保留完好。此外，村中的"中国四堡雕版印刷展览馆"里，还收集有大量原始的雕版、样书、印制工具等，也都极为珍贵。我正奇怪这些东西何以能保存至今，便听工作人员解释说，在四堡，雕版曾是各家各户最重要的吃饭赚钱资本，故被视为珍贵的家产悉心保护。直到"文化大革命"，人们觉得从此再无用处，便拿来当引灶的劈柴烧，有一户人家整整烧了一年,还没烧尽。这无可挽回的损失,真让人痛心疾首。

顺带一笔。四堡雕版印刷遗址能引起各方重视,还确实与中国作家协会有关。1999年,应当时的连城县长谢小健邀请,作协曾派出作家代表团前去采风,并为冠豸山"文学创作基地"揭牌。工作之余,县上安排来四堡参观。作家们看到这么多的无价之宝,赞不绝口,又深为担忧,纷纷建议要妥加保护,开发利用。随后,县政府便出面筹建了现在的这所展览馆,并逐级申报,于当年被批准为省级历史文化名乡。4年前,又被批准为全国重点文物保护单位。听罢讲解员的介绍,同行的一位朋友拍拍我的肩膀,说:"谁说过要解散作家协会,不纯粹瞎掰乎么?依我看,别的不算,单凭这个功德,就有存在的理由!"

我知道,这话半是揶揄,半是真诚。

2005年9月

原载《福建文学》

哦，恩施

恩施，地处湖北西南端，属云贵高原延伸带。从飞机上俯瞰，连绵的大山，蜿蜒的河流，团团簇簇的村寨，密密麻麻的楼房，全都掩映在蓬蓬勃勃郁郁葱葱的林海中，高超红尘，恍如仙境。古人目之为"悬圃"，洵非虚言。

一方水土养一方人。恩施人心胸博大，情感奔放，千百年来，以"灯歌会""女儿会"为代表的文化风习，承载着各族儿女积极乐观的生活态度和向往幸福自由的精神追求，成为人们极为重视、踊跃参与的节庆活动。

恩施民歌最著名的，当属那首红遍全国的《龙船调》。舞台上，那女孩子一声"妹娃要过河，哪个来推我嘛"的娇声一唤，小伙子们"我来推你嘛"的起哄回应，把土家青年的快乐多情、诙谐幽默刻画得惟妙惟肖，情趣横生，早为观众过目难忘，耳熟能详。此外，有一首两人对唱的《六碗茶》，表现有小伙子看上一位姑娘，又心虚胆怯羞于表白，于是在找借口上门讨茶喝时，绕来绕去地净问些不着边际的问题，惹得姑娘好气又好笑："喝茶就喝茶嘛，哪来那多话？"如此含讥带怨地呛白一通，却又以含蓄巧妙的回答，一再去启发，暗示，诱导。此歌唱词简练，曲调明快，易学易唱，是导游们每接一个团队，都必须教会客人的。

女儿会大体同白族的"三月三"一样，是恩施土家族"唱歌跳舞做买卖"的传统节日。到时会有成千上万的女子打扮一新，背着背篓，带着山货，从四面八方载歌载舞，相约赴会。到会场，她们把带来的东西摆在街边，说是招呼生意，两眼却只管不停地朝过往的人群张望，审视，当然，也会大方地面对别人的打量和挑逗。这时，就会不断有看似闲逛的男子近前搭讪，言挑语刺间若双方有意，男子便一把抢走背篓上的苦布，女人也即装做追要，尾随而去。到了野地,两人又须通过对歌或交谈,了解对方的家境等情况,若情投意合,年轻的,自然当即缔婚,相拥而欢;成年男女,亦可金风玉弄,暂成一夕缱绻,即使撞上亲戚熟人,也不必避讳。这些自然都是出自导游之口,因无缘躬逢,不知是否确实。

恩施的自然景区,无论是逶迤百里的鄂西大峡谷,气象万千的腾龙洞,还是架构宏阔的土司城,在全国都是独一无二,按旅游界的说法,都是绝对名牌精品。我们去过的利川腾龙洞,以雄、奇、险、幽著称。洞高70米,长约百公里,洞穴面积200多万平方米,足可将全州400万人口容纳进来。内有山峰5座,大庭10多处,大小瀑布不可胜计。洞口一条河流,水势湍急,落差20米,汹涌咆哮,直扑洞底,名为"卧龙吞江",气势极为壮观。此洞经中外专家1个多月考察,证明确属中国目前最大溶洞,容积总量居世界第一。

恩施有如此独特的生态环境和文化资源,让所有"到此一游"的人们大开眼界,惊叹不已。近些年,随着州委、州政府"生态立州,产业兴州、开放活州"战略的实施,旅游业有了长足发展,人气越来越旺,但综合收益毕竟不到10个亿,这又让不少人包括我们此行的一些朋友引以为憾,以为与资源的品级档次不很相称。

在利川,陪同采访的市委常委、宣传部长周峥嵘同志听到我们的议论,介绍情况时特地做了针对性的解释。出乎意料的是,周部长的父亲是周叙卿先生,就是《龙船调》最早的整理者和改编者。这首歌1957年3月参加第二届全国民间音乐舞蹈大赛时就得到领导和专家的好评,但真正使它走出恩施,走向全国,并由宋祖英带进维也纳金色大厅,由我国第二艘载人飞船带到太空,让它唱晓世界,轰动全球的,还是近20年的事。周部长以这首歌曲的命运遭逢现身说法,点出"国运昌,则文艺兴",无论经济的发展还是文化的繁荣,都离不开相应的时代条件,随着国家改革开放的力度加大,恩施今后的路子会越走越宽,后劲也一定会越来越强大。深入浅出的分析,入情入理,让大家颇受启发。

州政府州长杨天然是一位土生土长的土家族干部,年纪只有40多岁,看去温文尔雅,又精明干练。他在座谈时讲,要说恩施旅游业的发展,也就是最近几年的事。20多年前,改革刚刚起步,老百姓生活还很贫穷,不要说搞旅游,就是吃饭穿衣,也都是大问题,那时候领导的精力都还集中在如何让群众尽早摆脱贫困,解决温饱问题上。不止基层,连省上、中央也都寝食难安啊。他动情地谈起胡耀邦同志1984年的恩施之行……

这件事,在《胡耀邦生平大事年表》中只是一句话:4月3日至13日,到河南、湖北两省考察工作。满妹的《思念依然无尽》稍有记述,也着笔不多。倒是当时的州委书记田期玉同志有一篇写于1985年9月的文章,追记了耀邦在恩施的行程,从中可以看出这位领袖人物的性格特点和思想作风,有重要史料价值,兹转引如下:

耀邦同志到达自治州的当天,就上五峰山鸟瞰了恩施山城,到州展览馆看了文物和工农业产品展览。四月六日,他听取州委的汇报,并于上午十一时半接见了州直局以上干部和各县(市)委书记、县(市)长。晚上,他挤出一个小时观看了专业剧团和业余剧团的文娱节目。四月七日,他经过宣恩县去来凤,在宣恩县委会及李家河作短暂停留后,中午到达来凤县委会,下午听取来凤、宣恩、鹤峰县委的同志汇报。晚饭后还利用空隙时间去湖南龙山县,同县委同志进行座谈。四月八日,他途经咸丰去利川,在咸丰县委会作短暂停留后,中午在咸丰县黄金洞公社吃午饭,途经利川县红椿沟时,视察了杉木林基地,下午到达利川县委会。并听取了县委负责同志的汇报,当晚住宿于利川县委会。四月九日上午,他在利川接见了州直和利川县的部分高、中级知识分子,然后从利川出发,到恩施市大山顶察看了人工牧场。中午,在牧场吃便饭后,经恩施市郊(未进城),过建始野三河大桥,下午到达巴东县的野三关,在区招待所听取了县委负责同志的汇报,当晚住宿于野三关。四月十日上午八时十二分,他乘车离开了鄂西自治州。胡耀邦同志在鄂西的六个日子里,总行程达一千二百六十八华里,到了六县一市,还深入了三个区(社)、一个林场、一个牧场。

有一个也许并不重要的细节,常常被人提起。耀邦这次视察,同行的有乔石和胡锦涛同志。就像前面点到的,4月8日,他们途经咸丰去利川,中午饭是在黄金洞公社的灶上吃的。饭后结账时,公社的同志无论如何都不肯收,锦涛同志便恳切地对他们讲:中央领导同志到地方考察工作,一定要按规定交纳生活费,你们是贫困山区,革命老区,更应该交。说完,不仅如数交了伙食费,还按财会人员的要求,在三张收据单上分别填了胡耀邦、乔石、胡锦涛的名字。此后，这三张收据便一直被那位聪明的财会所收藏，而事情的经过，很快便在四邻八乡的群众中传扬开来。

耀邦此次到恩施，年纪已近70高龄，但他不避劳累，每到一地，顾不上休息，便要召集干部群众座谈，商讨脱贫致富之策。一路上，他反复强调，要解放思想，实事求是，因地制宜，搞活经济。说"搞四化建设，目标要统一，但具体方法允许不同"，"扩大自留山，有的地区不同意。我看全省不要求统一，要允许参差不齐。你们是自治州，他搞他的，你搞你的嘛"；说"进行山区建设，绝不能只有一个耕地概念"，"你们这个地方，要抓好林业，抓好畜牧业，抓好多种经营"，要依靠千家万户搞家庭式工业，千方百计增加农民收入；说要疏通流通渠道，"常年放开，彻底放开"，"要发展专业户，发展集贸市场，而且要保护专业户，保护农民。只有为人民谋利益才是真正的国家观点"；说山区的基本建设，一要抓水电，二要抓交通。"清江的开发，我说应该好好地搞"，"要把清江治理得像德国的莱茵河一样"。"把公路搞好，把河运搞好，人家自然会进来办厂，上海也来了，南京也来了，武汉也来了，人也来了，钱也来了。如果高速公路一搞起来，又有了充足的电，外国人也会来的"。这些激情洋溢的谈话如同和煦的春风春雨，在恩施人的心里重新唤醒了对美好生活的热望，激发了奋发进取的勇气，鼓荡起开拓创新的风帆。

25年过去，斗转星移，自治州的各项事业突飞猛进，有了长足的发展，与当初相比，国民生产总值增长了43倍，财政收入增长84倍，城乡居民可支配收入和农民人均纯收入分别增长了20倍和25倍，实现了由封闭向开放，由贫穷到温饱并逐步迈向小康的跨越，胡耀邦同志当年对恩施工作的期望，正在各族人民的团结奋斗中一步步变为现实。

谈到今后的发展，杨州长兴奋地向我们分析了恩施面临的新的机遇：盼望已久的上海至成都的高速公路，宜昌至四川万州的铁路，今明两年都将穿境贯通，长期制约恩施发展的交通问题将彻底解决，利用重庆、武汉、上海等大中城市的辐射作用壮大自己，有了更加可靠的条件。恩施在行政区划上处于中西结合部位，中央对民族地区各方面的照顾以及这些年陆续推出的扶贫攻坚、西部开发、中部崛起、产业转移等政策措施给予的优惠，恩施都有份。按媒体的说法，我们是"三千宠爱在一身"，想不发展都不行，发展慢了也不行！

像一位诗人，年轻的州长陶醉在光辉前景的畅想中,而他激情洋溢的言说在人们心中唤起的,正是这样一种不容置疑的信心:有中央的关怀,有四面八方的支持,有四百万勤劳智慧的各族儿女,恩施,一定会在新的历史起点上实现新的突破,新的跨越,一定会以更加结实的步态,迈向文明富裕、幸福和谐的未来。

哦,恩施!

2009 年 10 月

原载《都市美文》《民族文学》

感　动

　　有一个小孩,跟着爷爷到树下歇脚。藏在树叶间的知了,在太阳的烤炙下紧一阵慢一阵喧噪着。小孩要爷爷捉几只下来,回家好装在笼里玩。爷爷掏出烟袋,说让爷爷先抽袋烟吧,先缓缓气,走时再说。烟点着了,噪声戛然停止。望着知了一只只飞去,小孩哭了。

　　"别哭别哭。抽完烟就给你捉。"爷爷摩挲着孩子的脑袋乖哄着。

　　"你骗人!"小孩抹着眼泪,"都飞走了,上哪儿去捉?"

　　"飞走还会回来。不急。"爷爷仍是

笑眯眯的,不慌不忙吐着烟圈。

"骗人!骗人!"小孩用小拳头捶着爷爷,不依不饶。

结果你知怎的?烟抽完了,树上又响起热闹的喧噪声。

小孩破涕为笑,瞪着莫名其妙的眼睛。

"傻蛋!"爷爷刮着小孩的鼻梁,"你不看这方圆几十里就这一棵树,它不回来还能飞到天上去?!"

——讲这故事的,是中国农业大学驻河北曲周县实验站第六任站长郝晋珉教授。

放眼林网成荫、满目青翠的沃野,他所讲的,自然已是30多年前的情形了。

1973年,正是全党上下都在为10亿人的吃饭穿衣而焦灼的严酷日子。农大一批中青年教师响应周总理的号召,带着黄淮海平原旱涝盐碱综合治理的课题,奔赴河北。

哪里碱化最重?

冀南。人们说。

冀南哪里最重?

曲周县。

曲周哪里最重?

张庄。

那好,就它!

于是，课题组的教师们别起裤管，提着鞋袜，蹚着泥泞进驻张庄，安营扎寨。

那真是一片白茫茫、水汪汪的不毛之地。当时的课题组成员石春元、毛如达两位老校长回忆道：站在高处四望，到处是凹凸不平的盐土疙瘩，连人烟都稀少。能外出的都去逃荒要饭了，留下的靠刮土熬盐度日。一斤盐卖六分钱，一个壮劳力起早贪黑熬一天，顶多挣一毛来钱。那日子，真叫惨哪！

农大老师和社员完全一样。吃薯干，喝苦水，住的是四面透风、墙上起潮、漏雨漏雪又漏土的茅草房。可干起活来，比社员还吃苦卖力。夏天下沟挖土，光着膀子，脊梁上都晒起血泡。三九天打坝，跳进水里，衣服上尽是冰碴子。可怜这些白面书生，几个月下来，累得一个个脱了人形，看着叫人心疼。张庄的原支部书记赵文谈起这些，几次哽咽得说不下去。

也不如想象的那样顺利。当初，当他们那套挖渠，打井，整地，植树，农林水综合治理的方案形成后，无论怎么讲，社员们就是按兵不动。后来，村支书问：你们究竟能在这里待多久？带队的石春元老师答：治不好碱，我们就回不去了也不愿走了。支书说，有这句话，我心里就有底了。第二天，几百号社员开上了工地。

这一干，就是33年。

30多年风雨沧桑，领导班子换了一茬又一茬，但农大人系念民生、服务"三农"志向和决心一脉相传始终不变。一批批师生前赴后继，接踵而来。他们与曲周的父老乡亲同心协力，成功地改造了28万亩盐碱地，使粮食亩产由原先的几十公斤提高到740多公斤，农民人均收入增长了上百倍，彻底结束了吃返销粮、花救济款的历史。他们将数十个国家重点科研项目拿到曲周实施，大力培育推广农业新品种、新技术、新成果，使曲周人民提前走上依靠科技进步发展现代农业的致富之路。曲周县成为全国粮食生产科技工程示范县，农业综合开发项目县。

播种的是汗水、心血、智慧，是报效国家报效人民的一片赤诚。收获的是曲周大地上粮丰林茂的生动景象与田原上四季不断的欢歌笑语，是党和政府的嘉奖和赞许。曲周试验站成为农业科学实验、农业科技人才培养与地方经济发展结合的样板。从这里走出的科技精英，有学部委员1名，院士两名，农大校长书记3名，教授40多名，博士硕士200多名。10多项研究成果分别获得国家科技进步特等奖和其他省部级以上奖励。

我们是在第22个教师节前夕来到曲周慰问在实验站工作的农大师生的。听说全国政协考察慰问团要来，全县干部群众像迎接一个盛大节日，到处彩旗招展，鼓号喧天，沉浸在一派喜庆的气氛中。从县城到实验站，10多公里的道路上空，悬挂起一道道横幅，上面写着"向尊敬的中国农大领导和师生致敬""依托中国农大,实现富民强县""深化县校合作，共谋曲周发展"等字样。沿途经过的村镇，村民们围在路边热情地向慰问团挥手致意。在实验站，我们是通过七道彩虹，踏着长长的红地毯迈入实验楼的。这样的礼遇，让委员们既感动，又不安。

郝晋珉站长多少有些难为情："没办法。周围七个村子的村民听说你们要来，非得这样办不可。挡都挡不住。这是在为我们长脸。"

"他们也是把这当做自家的喜事对待的，是真诚的。"委员们频频点头，"而我们，是在分享着你们的功劳，你们的荣耀。"

在曲周活动的一个整天，从会议室到村头，从干部到群众，我们听到的最多最动情的两个词是"农大"和"恩人"。他们说，在曲周人民的心里，"农大"这两字的分量是最重的。走遍全县，只要说是农大师生，都会受到最热情的款待，不论办什么事，都会畅通无阻，一路绿灯。年长一些的人还会像说起自己最熟悉的朋友，不时提到一长串农大老师的名字：石春元，辛德惠，林培，陶益寿，雷宛群，黄仁安，等等。这其中，辛德惠老师已经带着对农科事业的无比眷恋和对曲周人民的无限深情，长眠在这块土地上。

1999年，68岁的辛德惠院士在南方出差时倒在了工作岗位上。消息传来，曲周的老百姓像失去亲人一样悲痛，按照群众的要求和辛先生的遗愿，县委县政府派人把骨灰迎回县里，隆重安葬在这块已往的盐碱地上。第二年清明，没有任何人通知，几千名群众自发从四面八方赶来为辛先生扫墓，他们排成六路纵队，泣不成声地从辛先生的坟前走过，为的就是向他鞠几个躬，烧几张纸，表达对这位曾与他们患难与共的可敬的知识分子的感念之情。

辛先生的墓冢就在实验站大院的围墙里。那是一片幽静的树林。在院子里散步，沿着红色地砖铺就的小路就可走到墓碑前。没有遮拦，没有阻隔，没有生死契阔的距离感。这位蹚着泥水最早来到曲周的实验站站长，似乎只是由于数十年的奔波辛劳，身心俱疲，现在得舒舒服服地躺在这无比亲切的原野上歇息歇息。风晨月夕，他还会与年轻的同事一起切磋交谈，谋划曲周未来的发展。春华秋实，还会与干部群众一起挥汗耕耘，共庆丰收。

离墓地不远，院子左前方的草坪上，竖立着一方汉白玉巨型石碑。碑呈长方形，正面是"改土治碱，造福曲周"八个大字,背面镌刻着曾在曲周工作过的64位教授的名字。那还是在18年前由几个农民一毛钱一毛钱地捐资修建的。抚摸着碑上的文字,感从中来,脑海里展开深长的思绪。

滴水之恩,涌泉相报。老百姓的心是最公道,最实诚,最有情有义的。他们不会忘记每一个给他们办过好事,谋过利益,带来福祉的人。从那两方碑石,我们看到的,是他们对知识,对科学,对文化的尊崇,是对那些不惜风霜劳苦,不计名利得失,以事业为生命,以奉献为天职,一心一意以苍生为念,为国计民生殚精竭虑、呕心沥血的知识人的由衷礼赞。

有人说,这是一个价值多元、英雄失色的年代。物欲的泛滥与享乐的喧嚣使社会的神经渐趋麻痹,人们心上积淀了越来越厚的硬壳。但是,这次在曲周的考察慰问,我还是被一路上的所见所闻深深地打动了,震撼了,以至好几次热泪涌流,情不能已。

毕竟有一些事情可以让人感动,流泪。

毕竟这颗苍老的心尚能懂得感动,懂得流泪。

我为此庆幸。

2006年9月5日

原载《人民日报》2006年12月30日

孝子峰随想

想不透在中国的"五岳"中,何以独有以险峻著称的华山,同《宝莲灯》《白蛇传》这两个古老、优美、经典的神话故事产生如此吊诡的联系。

秦腔《劈山救母》(《宝莲灯》)有一段刘彦昌"痛说家史"的唱词,是我上学时就学会了的,现在还大体记得:

刘彦昌哭得两泪汪,怀抱娇儿小沉香,官宅内(养母)不是你亲娘,你母是华岳三娘娘,自从那年王(皇上)开选,为父赶考到帝邦,闻听你母多灵验,华岳庙烧香问吉祥,连抽三签无上下,将诗(怨怼不恭之词)留在粉壁墙,出得院门遇大雨,避雨成亲戴贤庄……你舅舅杨戬火气旺,嫌你母私配凡人刘彦昌,将你母压在华山下,华山之下产儿郎,多亏灵芝(义婢)将你救,咱父子才能聚一场……

接下来,沉香为搭救母亲,到云岭深山,得仙人传授,练得一身膂力,返回华山云台峰顶,持神斧猛一砍,石破天惊,三圣母重见天日,母子团圆。

记得当年露天舞台上演到这出戏时,偌大的广场上原本一片鸦静,而随着乐队锣鼓家具的猛烈击打,二道幕拉开,全身素妆的三圣母一个"鹞子翻身"从后台跃出,黑压压的人群中立刻爆发出排山倒海的喝彩声。回头一看,身边的老大爷满意地搓脸捋胡子,连喊"过瘾",大婶大嫂们则撸鼻子揉眼,为历经磨难的三圣母娘娘献上一掬悲欣交集的泪水。

《白蛇传》的故事尽人皆知。与华山有关的是其中的"盗仙草"。白云仙(京剧里叫白素贞)端阳节推托不过,饮了雄黄酒,吓死许仙。为挽救丈夫性命,她不避艰辛,去华山盗采灵芝仙草,与白鹤童子一场恶战,体力渐感不支时,鹤发童颜的仙翁慈祥现身,听罢哭诉,为她的钟情所感动，遂赐一支灵芝，于是许仙起死回生，夫妻恩爱如旧。据说，仙翁的这株仙草原是长在一个隐秘的地方，后为救助更多生灵，移至高崖石壁，经风一吹，山中各处便都长出灵芝。这传说，彰显的是医家悬壶济世、普救众生的慈悲情怀，听来倒也入情入理。

这个戏我也是在县城的操场滩看的。戏的结尾有一条"光明的尾巴"：许仙的儿子用功读书，高中状元，回乡探望父母，对着雷峰塔甫一跪拜，塔身顷刻倒塌，白娘子得脱囹圄，母子相逢，阖家团聚。依稀记得，这出戏在嗣后不久曾受到批判，说这种"大团圆"的结局不仅落入俗套，且有鼓吹读书当官和暗示皇权威仪的封建毒素。而就我当时所见，老百姓却是交口称赞。戏散了，观众纷纷拿起各自的板凳、马扎，拥向四面八方。人群中，嗡嗡嘤嘤的议论声盈耳不绝，有对白娘子的善良钟情表示景仰的，有对青儿的刚烈仗义极力夸赞的，有对许仙的窝囊动摇指责埋怨的，有对法海的"破坏捣乱"义愤填膺、痛骂谴责的。我估计，随着家家户户的开门声和窗户上渐次闪亮的灯光，这样的热评还会在更广更深的层面上持续到深夜。

回想起来，我们那时最向往的文娱生活，就是每年的骡马大会(后来改叫物资交流大会)期间到操场滩去看戏。电影也有，只是每场得花五分钱买票，只能偶一为之。现在情况完全不同了，随着改革开放的推进，收入水平的提高，大众传媒的发达，群众的文化生活多种多样，多姿多彩。但与此相悖的是，人们的不满足感似乎也愈来愈突出，"思想贫弱""精神矮化"的慨叹时有所闻。打开电视，劈头盖脸、汹涌而来的商业广告，酷男靓女的狂歌劲舞，人神与共的格斗厮杀，俗不可耐的戏说、"穿越"，光怪陆离，充斥荧屏，令人不胜其烦。这种低俗无聊、"娱乐至死"的现象，引起有识之士的忧虑，也逐渐被有关方面所重视。

在上上下下的责难声中，有论者把这一切归之为"大众趣味"使然，让人莫名其妙，真不知他们所说的大众，包不包括占人口绝大多数的底层老百姓。但明眼人都清楚，个中原因，除过商业利益和市场资本的裹挟外，恐怕都与作家艺术家生活积累艺术积累的匮乏所导致的想象力、思考力、创造力的贫弱有关。礼失求诸野。实事求是地讲，与其在已经被炒得焦糊不堪的经典和非经典中讨饭吃，在以这样那样的"主义""流派"相标榜的大师后头邯郸学步，真不如像毛泽东说的，放下架子，迈开双脚，到老百姓中间来个"每事问"，从他们的经验、智慧和审美情感中汲取营养，可能更有出息些。

这让我又想起当年与我一起看戏的那些神情投入、议论风生的乡亲们，想起那些曾让人如痴如醉的生动、瑰丽的民间故事和神话传说。

这次到华山，承蒙管理处热情接待，使我重又领略了千尺幢、百尺峡、苍龙岭、长空栈道、老君犁沟等景点的奇险岿巍，颇感痛快。接待处的同志要我回来写点东西，也在情理中。但这座驰誉四海的华夏名山数千年来名人纷至，留下的诗词文章不止千余篇，我辈何能，安敢率尔操觚？正所谓"眼前有景道不得，崔颢题诗在上头"。且华山的著名景点就有210多处，该从哪里写起？想来想去，权且将沉香劈山救母处、孝子峰前的一些感触略记如上，未必有什么用场，聊以偿债而已。

            2010年10月30日
            原载《都市美文》

怀念静轩

6月12日,星期三,阴,小雨。

上午11时。接连几个电话,刚放好话筒,铃声又骤然响起。

"喂,巨才吗?"

"对。我是王巨才。"

"你听我是谁?"

声音好熟。

然而,是谁?

我一边搔头,一边回忆:北方语音,又带南方口齿;语气急促,尾音又有点含糊……

正沉吟间,对方发话了:

"我是孙静轩嘛!"

"噢,孙老你好!"我连忙以道歉的口吻向他问候,否则他一定会发脾气的。

果不其然:

"你是咋搞的嘛!春节后一直给你打电话,老是没人接。"

"不对吧?我一直都在啊。"

"是不是电话号码变了?"

"没有啊。"

"你等会儿。"

他大概是在找电话本,随后念了一个号码过来,原来是我西安家里的。他重新记了我现在住处的电话,又说:

"巨才,我告诉你个坏消息。我的病很重,怕是不行了,活不了几天了。"

我以为他在说笑,抑或是夸大其词。但转而一想,他这人虽然说话随便,但好像很少开玩笑的。莫非真的……

这念头一闪现,头皮便不由得发紧,拿话筒的手也抖了起来。

而这时的静轩倒像很通脱,说到病情,竟像是在转述别人的情况。特别是对那个人们最怕询问的字眼,也毫无忌讳。

他说,他的癌症恐到晚期,近几日咽喉剧痛,无法进食,恼火得很,直想自杀!又讲,原先发现肺部有五个肿块,经云南一位中医治疗有四块已消除,不意近期又全部复发,医生说肯定可以看好,但自己已没有信心……

讲话间,孙老已泣不成声。我心头不禁猛地一沉,眼泪止不住要流了出来,连忙劝慰说,孙老,你不会有问题的,你那么豁达,那么刚强,这辈子多少坎坎坷坷都挺过来了,这次也一定能闯过去的。你要相信,大德必寿,你是善人,好人,老天会赐福你的。

我特别强调:

"孙老,再别抽烟了,你抽得太凶。"

"早不了。哪还敢抽?"

"我也戒了……"

"什么?戒啦?!"

好像发生了什么了不得的大事,他突然提高了嗓门,竟像是在吼叫:

"千万别戒!千万不敢!你要以我为鉴,我他妈就是因为戒烟才得这个病,大家都这么说……"

电话那头没了声音。传过来的是一阵剧烈的咳嗽。

"别讲话了,孙老。我听您的,不戒,少抽就是了。"

说到这儿,我想到是不是应该给四川作协去个电话,让他们再多费点心,想想办法。他听后连说:

"不用不用,老宋他们对我很好,都是好朋友。但是我已经四天吃不下饭了,身体吃不消了……"

他显然还在说着什么,但气喘得厉害,听不清,接着又咔咔咔地咳了起来。

"孙老,我们今天就别说话了。有什么事,您让嫂子来电话。"

随即,我又加重语气叮咛:

"但是无论如何您得赶快住院,吃不下饭,医生会另有办法的。"

……

沉默。喘息。叹气。半天,才又传来他那一下子变得异常苍老、有气无力的声音:

"那好。那好。"

断了。电话里响起忙音。

放下话筒,脑海里一片空茫。侥幸的希冀和不祥的忧虑交替闪现。心情沉重极了,难受极了。谁会想到,这样一位叱咤诗坛,才思横溢,像孩童一般单纯,怒狮一般暴躁,天使一般善良,游侠一般豪爽的硬汉,在病魔的无耻欺凌下,也会变得如此脆弱,如此孤单与无奈!

人生如梦,世事无常。但善恶有报,吉人天相。愿上苍保佑您!孙老。

6月30日,星期一,天气异常闷热。

担心的事终究未能躲过。

先是马加报告了凶讯,党组会上一片惊愕。

随后宋玉鹏、李天泉来电话,告知静轩于凌晨3时25分辞世。

此时,除了感叹命运的残酷,我竟无话可说。

但他那消瘦的面孔,深陷的眼眶,散乱的披发,短短的胡髭,又都轮廓清晰、表情逼真地反复出现在脑际,一如投射在银幕上的黑白特写。

回想起来,我与他的接触,也就是那么有限的三四回吧。

最早是在原中央文学讲习所早期学员的一次聚会上,他与公木老师及马烽、唐达成、邓友梅、徐光耀、玛拉沁夫、苗得雨、蔡其矫、陈登科、李若冰、李纳、徐刚、张凤珠等著名作家、诗人一起,由于他"形容枯槁",衣着落拓,谈吐率意,虽是60来岁的人,倒像一位十分活泼的、大家都很喜欢的小弟弟。我虽拜读过他的不少诗作,但终因年龄、身份悬隔,未敢上前搭话。

但他就是这样一个重友轻利,通体透亮,肝胆照人,让你一见如故、永远无法忘怀的人。

又是一个好人黯然离去。

怅望苍天,于意云何!

在我问及后事情形时,天泉说,老孙的夫人小老孙10多岁,退休前是印刷厂的职工,没多少工资的。

但我想这不应该成为太大的问题。这样一位从小投身革命,虽历经政治运动的劫难,仍痴心不改,激情如火,在从事创作和组织诗歌活动,扶植文学人才方面都不遗余力,在海内外有重要影响,在西南地区乃至全国文学圈都深得人望,广有善缘的著名诗人,他的遗属,有组织关怀,又有那么多感情深厚、卓有成就的学生,是理应得到较好照顾的。

记得12日那次通话时,我曾提到至今保存着他50年代初版的《唱给浑河》,最近还陆续看到发表在《雪莲》上的那组记述诸多弟子行状,情真意切,像诗一样优美的文章。

他说:"那组文章一共58篇,还有一些没发,今后怕是写不成了。"

一语成谶。

是的，静轩，在经历太多的苦难和众多荣耀后，拖着遍体鳞伤、精疲力竭的身躯，你已悄然退出人生的竞技场，连同你横溢的才气和多彩的诗笔。

留下的，是人们无尽的思念。

2003年7月3日
原载《光明日报》

浪打沙湾寂寞回

我不善书，但喜欢读帖，举凡钟张羲献、颜柳欧赵、苏黄米蔡，书店里见到的，都会悉数购买。在职时忙，平常很少眷顾，现在退下来，正有"从前日月属官家，自此光阴为己有"的悠闲，茶余饭后，随手翻开一册，或坐或卧，静心品读，那些流动在笔墨点画间的情采神韵、学养意趣，每让人在咀英嚼华的愉悦中进入忘我之境；与大师神交，如沐春风，澄心涤虑，宠辱皆忘，此亦人生一乐也。

近代以来的书法巨匠中，我对于右

任、郭沫若两位尤为推重。于老的磅礴超迈自不待言，因是陕籍乡贤，自己买和朋友送的法帖拓片都已不少。而郭老的刚劲豪放又非常人可比，只是不知什么原因，在几十年积攒的一书橱字帖中竟付阙如，这不能不成为我的一个心结。

最早瞩目郭老的字，是上大学时到半坡博物馆参观。那座六千多年前原始公社的村落遗址，看到的无非是石刀石斧陶罐陶碗骨针鱼钩等先民们简陋的生产工具和生活用品，对我们这些非专业游客并没太大吸引力，草草一过就算了事。倒是展厅外墙上方"半坡遗趾"（趾址通假，原作如此）四个擘窠大字，笔力遒劲，光华四射，从低处回望，顿觉一种强烈的美感冲击而来，直逼胸臆，有懂书法的同学说，那是出自郭沫若先生的手笔，整个景区若少了那四个字，便一片花飞，减却几多春色。于是争相拍照留影，以为芳华一瞥的纪念。

另一次是80年代到韩城下乡，顺道去瞻仰芝川南原的司马祠。穿过"高山仰止"牌楼，蹬上九十九阶步道，享殿前的院子里竖有60多通历代碑刻，其中最著名的当属褚遂良撰书的墓志铭。墓志书体秀丽，情辞沉郁，备述史圣一生坎坷际遇与发愤情状，读之不胜悲抑。另有一通郭沫若的题诗，写于1958年春季，诗曰："龙门有灵秀,钟毓人中龙。学殖空前富,文章旷代雄。怜才膺斧钺,吐气作霓虹。功业追尼父,千秋太史公。"且不论才思与见识的睿智深刻,单是那一笔汪洋恣肆、刀刻斧削般的行草,便可想来诗人临池挥毫时激情飞扬的风采,令人神往。见我沉吟既久,县委宣传部部长说,县上有裱好的拓片,回头送你一幅带去慢慢欣赏。这一幅立轴,由西安而北京,我一直挂在客厅,不时研读,视为临范精品。

有朋友来访,浏览我的书橱,说你那么喜欢郭老的字,怎不见一本他的书法集呢?我一时语塞,不知如何作答。是啊,怎么就没有呢,是没买,别人借走没还,还是从来就没有出过?过后跑了几家书店,一查,都说没有。问是卖完了还是从来没进货,服务员赧然一笑,说不清楚。我仍不甘心,在那些宫廷、武林、官场、商海、内幕、秘闻类图书海量山积的峡谷间一遍遍搜寻,躬身踮脚,左奔右突,直至头晕目眩腰酸背痛,不要说要买的书没找到,就是想顺便带回去可资存阅的也没淘到几本。

"去前海啊,纪念馆应该有。"朋友这一提醒,倒让我茅塞顿开,眼前又升起一线希望。

前海西沿的郭沫若故居,是郭老晚年居住15年的寓所，为一大型四合院，对外又称纪念馆。阔可数亩的院子里，零星栽植一些花草树木，因是深秋，枝叶枯败，看去多少有点寥落。北边的银杏树下，是郭老双手盘膝而坐的塑像，目光上扬，状若沉思，但背后几杆不知作何用场的支架，与老人的安详神态大不协调。跨过旁边的垂花门楼，便是前后两进的里院，迎面五间正房为郭老的客厅、工作室和卧室，陈设整洁，布局敞亮，随处可感的书卷气息，仍能让人想来主人皓首穷经、奋发笔耕的情状。东西六间厢房，陈列和存放着部分手稿和图书，可能是来人少，大都空空落落，门户半掩。沿回廊到每个展室走一圈，并不见有出售书刊资料的地方，问过一位工作人员，也说抱歉，只好无功而返。

这期间，除我和朋友，再没见到其他参观者，与预期相比，总觉过分清静。朋友解释说，这没什么奇怪，在百分之八十的四合院和三分之一名人故居都遭拆毁的"文化古都"，郭老的住处能完好保留下来，也算战无不胜攻无不克的开发商手下留情；一个在价值观念嬗变中失去文化敬畏心的年代，这样的历史遗存已淡出社会兴奋中心，哪会像歌坛赛场选秀追星那般热闹；不见媒体报道说，连最早成立共产主义小组的李大钊故居，门口挂着爱国主义和廉政建设教育基地的牌子，平时前往参观的人都还没有讲解员多，如此等等，一番开导，我除怅然一叹，更复何云。

嗣后不久，在一个会议上遇到社科院的文学评论家李晓虹女士，谈起那次寻访的经历，她不无感动，说难得你这样热心，郭老书法集馆里应该有，我回头给馆长说说。李也是郭沫若研究专家，为人谦和，处事认真，过后不到半月，我果然收到郭平英馆长签名赠送的一部《郭沫若于立群墨迹》，真是大喜过望。该书收入郭老不同时期的书法作品132幅，于立群先生的书画28件，都是各地纪念馆、博物馆、图书馆和个人收藏的精品，十分难得。郭平英同志在后记中写到，郭沫若对甲骨金文，对秦汉魏晋以来中国文字的变化轨迹，对历代名家笔墨的特点了然于胸，他的书法消化吸收历代书法的优长，在继承中孕育创新，是艺术气质与学术功力的产儿，它传递出通达的文化积淀，承载着气宇轩昂的精神世界……真可谓知父莫若女，确当的评述，阐明郭老书法艺术的高深造诣及其人文价值，也说出了此前我虽然喜爱，但并未认真想过和厘清的道理及情感由来。

于是又想到，这样一部承载博大文化含量的好书，书店里何以找不到呢？翻开版权页，才发现印数只有3000册。这个数量，除回送有关单位和个人，提供纪念研讨活动所需外，所余自然不多。客观地说，在商业大潮挟裹一切，实用功利主义渐成风习，国人平均阅读除教科书外每年不到一本，且趋向愈益时尚化、娱乐化、浅俗化的当下，像这样的书，曲高和寡，能印这个数，就算不错。作为负有经济责任的出版社，毕竟不得不考虑市场取向和营销状况啊。如此一想，尽管仍有某种莫可名状的无奈，也便渐渐释然。

正应了那句老话：运气来了挡都挡不住。也是一次偶然的机会，与中国线装书局社长曾凡华先生去外地出差，一路倾谈，颇为相得。线装社以出版各类古籍及高品位文化学术著作为主。回程中，曾先生热情邀请有工夫来办公室坐坐，顺便挑几册满意的书回去。我问有没有郭沫若的书法，回说没有，但他的《李白与杜甫》手稿承蒙郭老子女和有关单位支持，年前刚刚影印完成，较为难得。真是踏破铁鞋无觅处，得来全不费工夫！郭老的手札，报刊上见过，一手流丽妩媚的行楷，从遣词命意到章法布局，都极为考究，读来悦目赏心，滋味无穷。能得这样一部手稿，正好与平英先生馈赠的"墨迹"合为全豹；珠璧俱得，岂不快哉！于是顾不得体面，回京次日便去凡华处讨要，唐突登门，形如逼债，过后想来真有些不好意思。

《李白与杜甫》是郭老最后一部学术著作,成书于1960年代末,1971年甫一出版,洛阳纸贵,风靡一时,而在文化虚无主义浪潮中又遭受非议,被称是一部草率应景的取媚迎合之作。更有甚者,以小过掩大德,一叶障目,不见泰山,对其名节品格一概否定,虽属刻薄,也是情势使然。君不见大数字时代,八面来风,标"新"立"后"争先恐后,颠覆传统、解构权威愈演愈烈,连"非毛""去鲁"也成时尚,况郭老乎!只是许多人可能忘记,人无完人,金无足赤,郭沫若尽管因特殊历史境遇有过进退失据的困惑,但无论得意失意,从不构陷告密,整人害人。作为革命者,他一生追求光明,先后参加北伐战争、南昌起义、抗日救亡运动和反对国民党反动统治的斗争;作为文化人,著作等身,于文学、历史学、古文字学和翻译、书法皆有高深造诣和辉煌成就。如此经历,如此建树,现代以来,能有几人?轻蔑前贤,哂之未休,其精神之独立与思想之自由固然可佩,却总让人从那些鞭尸般的言辞中觉出几许可疑,生发几许感慨。

这部近20万字的手稿,是郭老年届耄耋,又连失两位爱子的情况下,硬是用那枝生花之笔一笔一笔完成的,其超常的学识与惊人的毅力可想而知。作为一部学术著作,见仁见智,原无不可;争鸣讨论,尤属正常。

但若出于某种政治成见而阅人论事,进而株连学术;或者相反,视学术歧见为异端进行政治或人身攻讦,便绝不足取。此种思维倘演成风气,则殷鉴不远,为害之烈不难想来。我对郭著向无研究,自不敢妄加评置,但茅盾先生的一则短评,语意平实客观,我是相信并赞同的:"《李白与杜甫》自必胜于《柳文指要》,对青年有用,论杜稍苛,对李有偏爱之处。论李杜思想甚多创见。"

2013年岁末,轻寒未去,烟霾弥漫,应四川散文学会约请,去成都参加全省会员代表大会暨首届"四川散文奖"颁奖典礼。活动结束,照例安排参观,学会的朋友说四川可看的景点多,想去哪里都方便。考虑后天就是元旦,不便过分叨扰,便回说如不很麻烦,就去沙湾看看。

沙湾是郭沫若的故里,在乐山市区西南38公里处,离成都也只一个多小时车程,因那天雾大,公路标识又不明显,几经耽搁,到镇上已近午时。镇子不大,但整洁,繁华。一条南北向的街道,宽展平直,两旁满是叫卖山货、果蔬、熟食、小吃的摊点。店铺多为茶楼酒馆,皆青砖黛瓦的川西市井面貌。从熙攘的人群中穿行,噼里啪啦的麻将声隐约可闻,浓重诱人的麻辣烫香味不时传来。正街背后,是屏列的绥山山脉,因山势仅次峨眉,又叫二峨山,前方则是绕镇而过的大渡河,别称若水。郭老的名字即由环绕镇周的沫、若二水而来。

郭老故居在街道偏北,始建于清嘉庆年间,原为经营药材、土特产和酒米油盐的"郭鸣兴达号"商铺,到父亲郭朝沛手里,家道中兴,扩为一座有36间房屋的三进式四合院落。穿过前厅,里院后墙上方悬挂一块"汾阳世家"匾额,一望而知,其先世乃唐代开国功臣郭子仪家族。院子的后花园,有郭沫若四岁半开始启蒙受教的"绥山山馆",面对绥山,远隔市嚣,园内遍植花木,环境清幽,确是一处静心攻读的理想所在。郭老13岁离开家乡,1939年46岁时才因父亲病危和丧事回到沙湾。当时正值全面抗战时期,治丧时,蒋介石、毛泽东等国共政要及各界名流均有挽幛挽联致唁,哀荣之隆,足显郭老备受推崇的社会声望。

纪念馆与故居一墙之隔,是2012年为纪念郭沫若诞辰120周年新修的。馆内陈列除故居移送的部分实物,大多为图文资料,此外便是一些书法原件,别处不易见到。其中一件是回乡时留给原配张琼华夫人的,曾交代说,兵荒马乱,世氛不靖,万一到紧要处,这幅字也还值些钱,或可补贴家用。张在郭沫若离家的68年间,一直尽心操持家务,侍奉公婆,直至1980年去世,馆里的部分展品就是她在世时一直珍存和捐赠的。展室另有一幅巨作，是1965年元月书写的毛泽东诗《登庐山》，纵横奔放，激情四溢，内涵风骨，外映神采，最能代表郭书风格，可惜馆里没有出售的影印件，甚感遗憾。

展室出口处墙壁上，镶有中共领导人褒扬郭老的语录，以前大都知道，此时读来别有感触：

毛泽东：你的《甲申三百年祭》，我们把它当做整风文件看待……你的史论、史剧有大益于中国人民，只嫌其少，不嫌其多，精神绝不会白费的，希望继续努力。

周恩来：他不但在革命高潮时挺身而出，站在革命行列的前头，他还懂得在革命退潮时怎样保存活力，埋头研究，补充自己，也就是为革命作了新的贡献，准备了新的力量。

邓小平：郭沫若同志不仅是革命的科学家和文学家，而且是革命的思想家、政治家和著名的社会活动家，他在革命实践中立下的功绩，得到了全国人民和世界进步人士的尊敬。

那天参观因事先没打招呼，讲解员迟来20多分钟，多少有些不好意思，也或许因为只有我们一拨听讲，提不起精神，按鲁迅的说法"谁肯显本领给白地看"，故讲解时语速飞快，形同不很耐烦的老师例行公事地串讲一篇烂熟的课文，几乎没有我们提问请教的空隙。好在内容大致熟悉，到此一游也算了却一桩心愿。张人仕会长大约看出我的落寞，说这地方太偏，外地客人很少有专程来参观的，前年夏天我们一家开车来，道路坑坑洼洼，到旧居也真没见到几个人。

天色向晚，又下起小雨，匆匆赶到郭沫若广场的铜像前拍几张照片以作留念。路灯熹微，市声散尽，暮色中的沙湾很静，很静。铜像后身，大渡河汹涌的流水不紧不慢地拍打着护岸，"哗——哗——"的水声幽幽低回，如琢如磨，像一位沉思中的老人自言自语，不时发出几声深沉的叹息。

"欲把心事付瑶琴，知音少，弦断有谁听"（宋·岳飞）

晚风中，耳旁恍惚响起这阕苍茫激越的词作。

2014年3月5日
原载《文艺报》

包容与守望
——闽行散记

在福建,有媒体问,对福建的地域文化,你有何感想和认识。面对唐突然来的镜头,我惶然不知所措。对这个足可做博士论文的题目,真觉得老虎吃天,无处下口。

好在,一则刚刚听来的故事帮我解脱了困局。

话说唐代垂拱年间,有高僧匡一到泉州,相中一片桑园,想建寺弘法,桑园主人黄守恭问,占地多大?法师答,朗朗乾坤,只一袈裟。见主人已然允诺,法师脱下法袍凌空一抛,那袈裟的阴影正好笼罩了整个桑园。这让主人大感意外，正犹豫间，记起夜间的一个奇异梦境，便试探说，待桑树开花，愿悉数相让。想不到第二天到桑园一看，那大大小小的桑树上，果然开满莹润洁白的莲花，方知乃是神谕，遂捐出桑园，资助建寺。

这寺便是泉州的开元寺。一棵千年古桑枝叶分披，浓荫匝地。

大殿廊柱上，有宋代理学泰斗朱熹的题词镌刻：此地古称佛国，满街都是圣人。

这真是一个不错的隐喻。桑树，中国古老树种，轩辕时期就有种植；莲花，佛教吉祥、光明、圣洁的象征，印度国花。或是灵光一现，我猛然觉得，福建文化正如这传说中的桑莲，它扎根八闽大地，吸收传统文化的丰沛营养，根深柢固；又嫁接异域文化的精华，花繁叶茂。因而它是博大的，丰赡的，是本土的，又是多元的，具有独特魅力，焕发着沉雄葳蕤的生命气象。

福建自古"舟行四海，货通天下"。宋元时期，泉州、福州已是世界著名的港口城市，"大批商人云集这里，货物堆积如山"，"印度商人带着各色品种的珍珠宝石，运来这里出售"，其商贸文化之繁荣，让这位游历世界、见多识广的马可·波罗先生都觉得"的确难以想象"。而真正让福建彪炳中外交通史册的，当属明代永乐年间三保太监统帅官校旗军数万人，乘巨舶百余艘，所历大小凡三十余国，涉沧溟十万余里的壮举。在郑和七下西洋始发地长乐南山的纪念馆，我们见到由郑和亲自撰写的碑记，当诵读那些"洪涛接天，巨浪如山""云帆高张，昼夜星驰"以及"和等上荷圣君宠命之隆，下致远夷敬信之厚，统舟师之重，掌钱帛之多，夙夜拳拳，唯恐非逮，敢不竭忠以事国，尽诚于神明乎"的文字时，能不为前人不避艰险、勇闯天下的豪迈风神气度所激动，为我们民族素来具有的开拓进取、自强不息精神而自豪？！

海上丝绸之路开通，数以千万计的闽籍华侨华人陆续走向世界各地，他们为当地带去中国黄金、铁器、茶叶、瓷器、丝绸、棉麻及先进工艺与农耕技术，展示了勤劳智慧和睦邻修好的良好形象，唤起沿线各国对中华文明的向往。大量不同肤色不同语言的外国客商、学者、宗教人士纷纷来到福建，在从事互惠互利的商贸活动的同时，也带来新鲜的异质文化信息，为当地文化的发展壮大提供了新的参照，注入新的活力。

近代以来福建涌现那么多"放眼看世界"的先知先觉和仁人志士，原因不止一端，但想来与这种多元文化的熏陶启迪不无关系。福建人对不同文明的尊重与包容，赢得世人尊敬和赞誉。时至今日，我们在泉州各地，仍能感受到世界几乎所有宗教和谐共处的融洽氛围。那些糅合中西文化符号的寺庙、教堂、塔桥、墓园和其他各式风格的建筑，无不记载着这个城市"华洋共处、主客同和"的昔日辉煌，彰显着福建人"海纳百川，有容乃大"的恢弘气度与化育能力。泉州被称为"世界宗教博物馆""多元文化展示中心""东亚文化之都"，乃是实至名归，当之无愧。

福建人是开放的，目光远大，襟怀宽广，善于取精用宏，博采众长。福建人又是笃定的，庄敬守正，和而不流，对民族优秀文化的价值观念和精神取向充满自信，执着坚守。这种自信与坚守，体现在古往今来众多贤达之士的卓越见识和治学实践中，更渗透在广大民众日常生活和社会风俗中。

福建崇文重教自古已然。行走各地，书院、书坊、考棚、试馆遗址随处可遇。2005年夏天，应《福建文学》约请到著名的红色根据地连城采访，在峰峦耸峙的冠豸山风景区,最引人盘桓流连的恰是那些古代先贤开坛讲学或潜心苦读的书院书室。仅书院,记得的即有"二丘书院""樵唱山房""修竹书院""东山草堂""五贤书院"等10多处。满山遍野的书卷气,氤氲弥漫,让一行人如沐春风,交口赞叹。而在同是崇山峻岭间的四堡镇,满街古风犹存、多不胜数的书坊、书肆也让我们大开眼界。这里的雕版印刷业自宋代发轫,清代达于全盛,出版的书籍从经史子集到诗词小说、天文地理、幼学启蒙、医药养生无所不有,除行销本省外,还通过北线、西线、南线三个通道,运往湖广、川陕、山东等13个省份百余州县及东南亚各国。若非耳闻目睹,真想不到这区区一隅,曾为弘扬中华文明起到过如此重要作用,产生过那么大影响。

近读朱熹《福州州学经师阁记》,讲到福州府学在东南为最盛,弟子常数百人。但一段时间因教养无方,师生相视漠然如路人。后自临邛教授常浚孙掌校,"既日进诸生而告之以古圣贤教学之意,又为之饬厨馔,葺斋馆,以宁其居。然后谨其出入之防,严其试课之法。朝夕其间,训诱不倦。于是学者竞劝,始知常君之为吾师;而常君之视诸生,亦闵闵焉唯恐其不能自勉以进于学也"。于是他又借题发挥:"为学之本,在乎操持存守之力，使吾方寸之间，清明纯一，而后宏其规，密其度，使天下之理尽其纤悉而一以贯之，异时所以措诸事业者，亦将有本而无穷矣。"反之，如果只是寻章摘句，训诂记诵，钓名声，干利禄，则"天下之书愈多，而理愈昧。学者之事愈勤，而心愈放。词章愈丽议论愈高，而其德业事功之实，愈无以逮乎古人"。朱老夫子的这些为学之道，无论当时还是后世，都被视作学林珪臬。福建学术风气之盛与教育质量之高向为外界称道，名师高徒，层出不穷，原是其来有自。

探寻福建的文脉久远与传承深广，不能不去"三坊七巷"。这片福州市区面积只有0.4平方公里的建筑群里，从晚清到民国初年，就走出林则徐、陈宝琛、梁章钜、沈葆桢、萨镇冰、林觉民等200多位极大影响了中国近现代历史进程的风云人物。其中不乏学贯中西的学界巨擘泰斗，如毕业于福州船政学堂又留学英伦，最早翻译《天演论》《原富》并发表《论世变之亟》《救亡决论》等论著的启蒙思想家严复，仅凭渊博的国学根底和睿智才思翻译出《巴黎茶花女遗事》等170多部外国作品的译坛奇才林琴南等。在南后街洋桥路口，我们瞻仰了辛亥烈士林觉民故居。他那封于起义前三天所写的《与妻书》已广为人知，其"泪珠与笔墨齐下"的文字与慷慨赴死的决绝，读来令人潸然泪下，血气贲张。林觉民牺牲后家人避居乡下，将这幢房屋卖给冰心的祖父谢銮恩，冰心在《我的故乡》等文章中曾多次写到这个地方，写到院子廊柱和墙壁上那些联语字画，写到爱意融融的伦理亲情和无忧无虑的童年生活。这位现今被尊为"文学祖母"的世纪老人，与林徽因、庐隐一起并称三位"现代美女作家"，是福建人颇以为荣耀的。三坊七巷的有效保护，缘于当地文化人的呼吁擘划，更得力时任市委书记习近平的高度重视，作为主政佳话，现仍为市民感念传扬。

福建民间文化活动丰富多彩，独具魅力。由于地缘和历史的原因，这些活动既有海洋文化的印记，更多的则是赓续着中原文化、特别是儒家文化的血缘基因。无论久演不衰、大受拥趸的南音及闽剧、高甲戏、布袋戏，还是逢年过节群众性的灯会、巡游等庆祝、祭祀风俗，内容多为规劝尊祖孝亲，积德向善，期盼子嗣发达，瓜瓞绵延，祈求风调雨顺，国泰民安。至于关公、马祖和其他神祇信仰，似乎比之内地有更广泛的社会基础，这在当地干部群众看来并没什么不好，只要引导得法，反而有利增进社会和谐安定，沟通海内外华人的情感认同。

福建人的家族乡土观念较之别处也更显浓厚些，哪怕走到再偏远的乡村，那些保护完好的宗祠建筑，那些供奉在各家厅堂的祖先牌位，那些"颍川锦延""陇西人家"的门楣以及镌刻于木石廊柱上的楹联，都在在显示着福建人慎终追远的伦理意识和道德情怀，令人感触良多，油然起敬。

10多年前，到泉州考察群众业余文化生活。黄昏时分上街头漫步，不经意走到一处社区文化广场，有幸身临其境地分享了神往已久的"南音"演唱。广场不大，游人也不算多，和煦的晚风中，灯光烁烁，弦歌低回，居民或相聚弈棋，或品茗聊天，或操拳健身，或摇扇养神，那份悠闲自在，直让人联想起话本小说中关于太平盛世市井风气的描写。没想到的是，就在这不大的广场周边，竟有四家南音社在同时演出，台下的茶座和条凳上，分别围坐人数不等的观众。福建人素来热情好客，见我们从外地而来，马上腾出位置，招呼入座。尽管不懂闽南方言，但近两个钟头的观赏中，演唱者优雅端庄的身姿和清纯委婉的声调，伴奏者神情专注、丝竹相和的配合，始终让大家沉浸在"如闻韶乐"的陶醉中。其间有人介绍，这样的演出天天都有，演唱者大都是教师、职员和普通居民，而那些典雅的曲牌和唱词，大多源自唐宋的宫廷音乐，已传唱千年。这次重来，知道这种被誉为东方古典音乐珍品的南音，已列入世界非物质文化遗产，活跃在全球各地的表演社团多达千余个。福建人对乡土文化的挚爱守护，于兹可见。

记不清什么时间，好像是前年的电视春节晚会上，看到一组少儿节目，一群穿着中式对襟童装的孩子，手提小桔灯，踏行在舞台的拱桥和池塘边，一板一眼、嫩声嫩气地朗诵着一则儿歌，稚态可掬，模样十分可爱。歌词也记不清了，只记得好像有"骑竹马""过池塘"这么两句。从着装和语音看，猜想可能来自福建或广东一带。这次在福州闲聊，文联的朋友说那儿歌就出自福建，并随手写出整段歌词：月光光，照池塘。骑竹马，过洪塘。洪塘水深不得渡，娘子撑船来接郎。问郎长，问郎短，问郎此去何时返……朋友介绍，这其实是一首很古老的歌谣，唐代的《竹枝词》选本、辜鸿铭先生编辑的《幼学弦歌》都有收录，不止福建，在港澳台和东南亚华人中也广泛流传，是教孩子们识字怀乡的启蒙歌。他还讲，福建本土和海外华侨华人普遍重视国学知识的教育，像《三字经》《百家姓》《弟子规》这样的读物，许多中小学生都会背诵，泉州、福州和港澳台等地，多数中小学还开设了"南音"课，组织古诗词兴趣小组和课外读经班。正是在这样潜移默化的熏陶中，中华文化的种子在一代代八闽儿女心中生根发芽，披枝散叶。

"世事沧桑心事定，胸中海岳梦中飞"（龚自珍）。

这些年多次去福建，福建人眼见之开阔，待人之诚实，举止之稳重儒雅，做事之刻苦认真，都给我留下深刻印象。福建正处在新的历史起点上，全省上下正在为打造21世纪海上丝绸之路核心区，厉兵秣马，奋力拼搏，到处热流滚滚，生气蓬勃。我想，有这样素质优良的干部群众，又有千百年来自尊自信而又开放包容的人文底蕴，则福建在新的时代机遇面前，自会创造无愧前人的业绩，会为世界的和平发展、互利合作做出新的贡献。这是确定无疑的。

而开元寺那棵法界古桑，也一定会迎着新世纪的阳光，在海风天雨的沐浴中焕发更强劲的生机和活力。

2015年4月

原载《人民文学》

第 2 辑　乡思难收

父老乡亲

我大活着的时候常说哩,民国十九年六月二十一,是他把马文瑞接到任家砭的。

在任家砭半山上的院子里,一位80多岁的老人对马文瑞的女儿马小玫讲起了"古朝"。

老人的父亲叫任丰盛,是中共安定(后改为子长县)北区地下区委书记任广盛的大哥,任广盛被国民党害死后,区里党的工作陷于瘫痪。

那天一大早,小学教员杨凤歧找到任丰盛,说上边给学校新派来个老师,你到杨家园子桥头接一下，路上千万小心。

当时的陕北，处在一片白色恐怖中。由于"左倾"冒险主义的指导，绥德、米脂党组织暴露，大批党员被抓被杀。各地军警和反动民团，明岗暗哨，虎视鹰瞵。

任丰盛来到杨家园子，桥头上见不到一个人影。他盘算，也许要接的人还没赶到吧，便拴好毛驴，靠到路边柳树桩上，掏出干粮，装作歇晌的样子，四处打量。

正是高粱扬花、糜谷抽穗的季节，山梁上，河对岸，庄稼长得黑汪汪的，除过偶尔飞过的麻雀，没有任何响动。官路上，贩石炭的，挑菜蔬的，黑水汗涟，匆匆而过。都后半晌了，仍不见动静。任丰盛慌了：该不是出差错了？

就在这时，桥底下传来一声咳嗽，接着一块小石子甩到岸上。

桥下有人。但什么人，是要接的老师还是暗里盯梢的，任丰盛一时拿不准。他沉住气，又磨蹭了一袋烟工夫，才牵着毛驴沿坡道下到河滩。

现在看清了，桥墩旁，一个模样英俊的后生正在洗脚，身边放着鞋袜和草帽；一身老布衣服，旧，但干净清爽，看来不像坏人。但他仍不敢去搭理，只管给驴饮水，不时用余光向旁边瞟一眼。

一会儿,那后生从怀里掏出一拃长的一把羊腿烟锅,自言自语说,啊呀,不早了,吃罢这袋烟该起身了。

羊腿烟锅!是他。任丰盛一阵狂喜,按杨凤歧的交代,也从怀里掏出烟锅,说啊呀把他家的,忘带火镰了。

暗号接上。那后生问,拜识(朋友),哪个庄的?任家砭的,你呢?周家碥,教书的。两人头挨头对火的当间,后生悄声说,你给咱瞭哨着,我去取个东西。说着,向身后玉米地走去。

东西取回来,是一架油印机。俩人连忙装进驴背上的笤驮,用事先准备的豆荚、洋芋苫好。任丰盛又从笤驮拿出个包袱,说杨先生交代的,让你换上。

天快擦黑了,山背后飘来做饭的柴火气味。任丰盛有些心焦。等听到身后的脚步声回头一看,他顿时惊呆了:那年轻人怎就一下变成一个俊俊俏俏的婆姨了!蓝底白花的偏襟布衫,头上笼块半旧不新的羊肚手巾,白白净净的脸蛋,扑闪扑闪的大眼睛,谁看都不会想到是个后生。这后生对庄户人的活路并不生疏,他双手一托,利索地骑上驴背,回身朝驴屁股一巴掌,毛驴便轻快地朝上川走去。

小心没大错。一路还算顺利。遇到熟人,任丰盛抢先打招呼,大叔,上瓦窑堡啦?噢,卖了点洋芋。今年西瓜长得怎样？天旱，撂了，屁不顶！对方见骑驴的婆姨年轻俊样，也不好意思打问，有想问询的，都让他用话叉过去了。

回到任家砭，已是上灯时分，杨凤歧、赵福祥等早就熬好米汤蒸好捞饭等在窑洞里。任丰盛知道他们都是在党的人，找个借口抽身离去。

任丰盛当然不知道，这个他接来的年轻后生，便是陕北特委派来顶替他三弟任广盛的北区区委书记和随后的安定县委书记，更不会想到，他后来会是新中国的劳动部部长，陕西省委第一书记，全国政协的副主席。

马文瑞到任家砭，开先没到学校教书。他的当务之急是恢复全县党的工作。他扮作做买卖的小商人，肩上背个"茂源号"的褡裢，走街串乡，逐一摸清了全县三百多名党员的状况。根据严峻的斗争形势，对动摇变节分子进行了清理，向坚持工作的区委、支部传达陕北特委指示，要他们积极争取群众，壮大革命力量，利用合适时机，向反动势力开展有理有利有节的斗争。不久，各地的贫农团、互济会、妇女识字班等外围组织纷纷恢复和建立起来，发动群众抗粮抗捐，铲除警匪恶霸，一度沉寂的地下斗争重新出现红红火火的生动局面。

次年秋，阎红彦、吴岱峰领导的晋西游击队战略转移,东渡黄河回到陕北,与安定县委取得联系。马文瑞召开会议,为队伍筹集物资补给,选拔优秀青年入伍,游击队由30人壮大到100多人。这支队伍武器充足,每人长短两支枪,成员绝大部分是共产党员,战斗力很强,是陕北唯一一支真正由党组建和领导的军队。队伍经过充实整训,如虎添翼,转战数千里,先后取得安定、安塞、延川、保安、横山及三边等地许多重大战役的胜利,声威远播,民心大振。后来与刘志丹联络的民间武装会合,组成西北抗日反帝同盟军,后又改编为中国工农红军陕甘游击队和红二十六军,驰骋西北诸省,成为红军主力部队。

马文瑞在任家砭待了两年零八个月。初来时,生活方面主要由任丰盛的侄女、任广盛的女儿任志贞关照。任志贞性格泼辣直爽,积极上进,经常鼓动妇女反对封建礼教,教她们唱歌识字,在瓦窑堡女子高校上学时,一面学习,一面了解敌人动向,给地下党传递消息,印发标语传单,宣传党的主张,揭露反动派的丑行劣迹,表现非常勇敢。马文瑞对她悉心培养,亲自主持她的入党仪式。

任志贞后经再三请求,被派往陕北游击支队一分队,是陕北红军第一位女指导员。她苦练杀敌本领,双手会打盒子枪,成为远近知名、敌人闻风丧胆的神枪手。不幸在一次战斗失利后被敌人抓捕,受尽酷刑,坚贞不屈,与丈夫白得胜(游击队队长)一起被枪杀在瓦窑堡南门外,年仅20岁。

马文瑞对这位学生和战友一往情深,对她的牺牲无比痛惜,他在一篇回忆录中写道:任志贞同志被捕后表现很坚定、很英勇,敌人从她嘴里没有得到任何东西,在完全绝望的情况下才决定杀害她。她临刑的场面也是极其壮烈、感人的。从瓦窑堡的米粮山牢房到南门外的刑场,有好长一段路,她以一个共产党员大义凛然、视死如归的铮铮铁骨,昂首挺胸,面无惧色,步伐坚定地走完了这最后的征程。有的群众向她敬酒、敬饭,她就乘机宣传革命,激励人民。临刑时,高喊"打倒国民党反动派""中国共产党万岁"等口号。她的死,在瓦窑堡,在安定一带,在陕北,影响很大。她的名字,成为革命楷模、红军英雄的象征。

上世纪80年代中期,延安歌舞团根据烈士事迹,邀请国家著名导演执导,编排了一台大型歌剧,剧名就叫《任志贞》,在省内外演出,引起轰动。而后筹拍电影,剧作家为了突现英雄成长的历程,刻意加大剧中"马书记"的戏份,剧本送马文瑞征求意见,马审看后说,这是写任志贞的,不是宣扬其他人的,必须大改。20多年过去,事情尚付阙如。

马文瑞在中央工作时,有次到延安视察,任家砭几位上年纪的老乡闻讯赶去,结果被保卫人员挡在宾馆门外,等了半天,没能见上一面。马老事后听说此事,心情非常沉重。这位当年毛泽东曾为之题写"密切联系群众"奖状的老共产党员不无怅惘地感叹道,哪有共产党人怕群众的道理!

2004年1月3日,马老溘然长逝。病危时,他让家人取来纸笔,留下的最后一句话是:

我想延安。

2012年8月9日

原载《光明日报》

曹 老

见罢曹老20多年了。春节前夕,从电视上看到他与前去看望的中央首长一起谈笑风生,互祝新年的情景,不禁想到那句令人神情一振的歌词:革命人永远是年轻。

曹老1934年投身革命,1941年调到边区保安处,负责鄜县黑水寺一带的情报工作。那是一个在毛泽东著作中多次提到的红白交界、摩擦不断的区域,敌我穿插,社情复杂,随时都有危险。曹老以一个游乡"箩客"的身份作掩护,在给庄户人家箍箩子,与老乡们开玩笑、拉家常的当间,眼观六路,耳听八方,准确无误地完成了一次次情报搜集、传递任务,多次立功受奖。

全国解放后,曹老先后在省公安厅和公安部任职,但总感"不如同老百姓直接打交道来得痛快",后又回到延安。1958年,地委派他到鄜县任县委书记,那些当年曾当着婆姨女子的面开过他的玩笑,说过"儿话",甚至善意地"日弄"过他的后生、老汉们一见,都大感惊讶,不好意思地感叹说,哈呀,想不到这倒灶鬼箩客,原来还是共产党的个大官儿!他连忙摆手制止:可别胡球说,什么官不官,过去给你们箍箩子,今后还在一个锅里搅稠稀,只要不嫌弃,大家就一起埋头苦干,不信就改变不了这见天高粱窝窝酸白菜的穷日子。

果然,在担任县委书记的几年里,曹老仍和当年一样,不辞艰险劳苦,不避风霜雨雪,带领区乡干部长年奋战在基层第一线,使县上各项事业有了明显起色。特别是大刮"共产风"的那段日子里,鄜县在政策把握上较为平稳,全县没有发生人口外流,还接纳了不少安徽、河南等地来的灾民。他的"仁政观念"和"右倾思想"尽管也受到过指责,但老百姓一直记得他的好处。上世纪80年代,我们到鄜县搞调研,还经常听人说道，笋客啊，那可是个好人，实心实意给老百姓干事，来时一卷铺盖，走时后铺盖一卷，清官，清官。

曹老文化程度不高，但一直保持良好的学习习惯。就我的印象，当时还在边区政府旧址办公的行署大院里，每到晚上六七点钟，最早亮起灯光的总是曹老的那孔窑洞。他看过的文件，绝没有"卫生田"，总是勾画得密密麻麻，边头上偶尔还会有几处问号或感叹号。他常说，现在事业发展了，家大业大责任也大，不吃透政策精神，光凭老经验办事，个人犯错误事小，到头来苦害的还是老百姓。加之他联系群众广泛，懂得他们的所思所想，包括牢骚和怨气，因而对许多问题的看法都能直指本质，抓住要害，让周围的同志打心底佩服。

比如，农业学大寨，大干快上多贡献，层层反瞒产，高征购，曹老说，瞒一点产没什么不好嘛，战士打仗时也会瞒一两颗子弹，关键时候说不定就能派得上大用场。"文化大革命"，"四人帮"到处发号施令，煽风点火，曹老把文件一拍：娶媳妇吹些埋人调，响气就不对，看过戏吧，奸臣怕的戏煞尾，都不会有好下场。"三中全会"开了，干部对联产承包仍心有余悸，"上边放，下边望，中间是个顶门杠"。曹老给郿县县委书记打气：放手干吧，不会有错。没听老百姓说，"公社是个好摊摊，就是精精招憨憨"。活人总不能让尿憋死，不打破大锅饭，迟早都得喝西北风。改革开放不断深化，"姓社姓资"的争论随之而起，为防和平演变，一些地方制止留披肩发，穿高跟鞋，喇叭裤。曹老不以为然：萝卜白菜，各有所爱，管那些事干甚。屙屎努得小便疼，没用对劲嘛。邓小平提出"一国两制"，有人不能理解，曹老在会上发言：还是小平有经验。当年我们在陕甘宁边区搞"三三制"政权，实行民主政治，不就是一国两制？这事咱们干过，能有什么风险？

诸如此类，尽管言语偶涉村俗，但话丑理直，他那些言简意赅的观点和深入浅出的道理，大家都爱听。老乡们听过他讲话，说曹老不把咱当外人，全是掏心掏肺，实话实说。而一班年轻干部，则会从中受到启悟，获得教益，从而避免了不少可能出现的失误。

说来不会相信：就是如此清醒、方正的一个人，在那个特定的年代里，也常会马失前蹄，"败走麦城"，万般无奈间办一些马马虎虎、外乎原则的事，以至让自己陷入难堪、被动。

在当时的行署班子中，曹老分管财贸。由于他性格爽直，作风平易，无论办公室还是家里，总见人来人往，川流不息。其中不少是各地来的老乡。有时，刚开完会，一出门，猛不防便被说不清是南泥湾还是黑水寺来的饲养员老汉一把抓住袖子：哈呀，这下好了，总算把你等上啊。接过老汉双手递上的旱烟锅子，曹老边吸边问，快把汗擦干，甚事这么急？老汉气吼嗨咽地答，甚事？你该知道我那个小子打小就是个老实疙瘩，好容易问下个媳妇，人家非要一辆自行车不可，这不都跑了半个月了，再买不到，这婚事眼看就黄了，你看怎办呀？怎办，先把肚子喂饱。曹老把老汉领回家，擦罢脸，吃罢饭，掏出钢笔给五金公司贺经理写张条子：来人是大队贫协主席，老红军，因有急用请先售予自行车一辆为荷。临出门又问，钱够不够？老汉早已喜得合不上嘴，连说够，够，这就蛮好啊，还能再让你贴钱？

像这样的事随时会有。有让批化肥的，批救济粮的，甚至为办事情批点细粮批点好烟好酒的。为接待这些"没权没势的穷亲戚"，曹老好话说了不少，道理讲了不少，茶饭管了不少，万不得已，也只好向下打个招呼，让酌情照顾解决。看他总是那么忙，那么累，办公室的同志有时会给挡挡驾，曹老事后总会温和地叮嘱,不能挡,不能挡,咱是勤务,人家才是主人,哪有个主人回家,被勤务挡在门外的?

大约是1980年前后,在一次整顿机关作风的动员会上,地区领导批评了部分干部随便给下边批条子、走后门,购买紧缺商品的现象,说打铁先得本身硬,这种情况,今后绝不能允许。那天的大会曹老是否参加了,我没有注意,会后从旁察言观色,也没有发现情绪变化,照样忙前忙后,说说笑笑。又过了半年时间,听说曹老打了报告,希望辞去副专员职务,到地区供销总社工作。我们去看他,他诚恳地表示,毕竟年纪大了,越来越力不从心,倒不如做点后勤工作,自己有些经验,也会感到更实在些。曹老的申请后来批下来了,同意到供销社任职,但同时任命为行署顾问,仍协助主管副专员分管财贸。再后来,我调离延安,时间一长,联系就渐渐少了。

屈指算来,曹老已是91岁高龄。最近见到延安来的同志,问到曹老,都说那老汉哪,畅快着呢,欢实着呢,成天挺着腰板,乐乐呵呵,忙着到干部学院讲课,到中小学做报告,为失学儿童救助,给受灾地区募捐,都一大把年纪了,真不知哪来那么大劲头!

我与曹老算得上是脾胃相投的忘年交,知他身心健朗，乐观如昔，自是十分高兴。他曾说过，这人啊，就是活一口气，一股劲，一种念想和追求。他参加革命 70 多年，全部的喜怒忧乐，浮沉进退，全都和国家的命运联系在一起。当今时势，景和清明，曹老目睹改革开放给国家带来的变化，给社会带来的进步，给人民群众带来的实惠，其欢欣慰藉之情自能想来。他的健康长寿，也正自在情理之中。

原载《人民日报》2009 年 5 月 8 日

高松耸秀
——记霍松林先生

1963年秋,我以第一志愿考取陕西师范大学。之所以报师大,一是家庭困难,上师范不交伙食费,还可申请到1至3元的助学金。二是文科院校中,中文系是陕师大的重点系,资格老,名师多。帮我拿主意的恩师王建文讲:报志愿主要是选系,选老师;学中文,当然是师大!

正式开课前,照例安排一段时间进行"巩固专业思想"教育。这期间,系上组织了一次师生见面会。地点在学生宿舍16楼门前。傍晚时分,师生自带方凳,陆续围坐在楼前的空地上。楼门口台阶上,就着防雨檐下15瓦灯光,摆一张长桌,算是主席台。那天到会的,有系主任高元白等许多教授和讲师,其中的几位在主持人介绍后,被请上台作简短讲话,霍松林先生即是其中的一位。他年纪在40开外,中等身材,着蓝色中山装,鬅鬙的头发不大驯服地梳向脑后,使略带倦容的面部显得稍长。所讲内容,主要是:中国古典文学是中文系的一门基础课程,要学好这门功课,没有捷径可走,必须下苦功夫、笨功夫。他强调指出,在4年时间里,每个学生务必背诵400首诗词,60篇古文,精读10部古典文学名著,等等。印象深的,是他讲话时挺直的腰板和飞扬的神采。特别是他那抑扬顿挫、节奏分明的语调中显示出的洒脱与自信,使同学们深受感染和激励,会场气氛顿时活跃起来。散会后,有位宝鸡来的学生还惟妙惟肖模仿他讲到"古、典、文学"时一板一眼的语态和神情,逗得大家直乐。那天的会时间不长,但学生和教师们都显得异常兴奋。

由于霍先生给别的班授课,后来又爆发了"文化大革命",所以这大约是我在师大唯一一次聆听他的讲演。以后,便是经常听到同学们以钦佩的口吻谈论他的种种情况。例如,他如何天资聪颖,奋发有为,上小学前便熟读四书五经，中学就常有文章发表，50年代曾就一些学术问题与当时的权威人士在报刊上进行论争，影响颇大。又如，他当年在南京中央大学读书时如何深得民国党元老于右任的器重和关照，给他资助学费，并推荐他参加南京社会贤达和文化名流的酬唱雅集，他每有佳作，语惊四座，备受激赏。这些，后来都通过霍先生一些"夫子自道"的诗文以及"文化大革命"中一些"揭发批判材料"得到正反两方面的印证。十年浩劫中，霍先生主要是由于早在50年代中期发表了论述形象思维的著名论文而陷于灭顶之灾，而他与于右任先生的那段交往，也是作为了不得的政治问题，招致精神凌辱和身体摧残。去年，我在访问台湾时曾到过玉山公园，从山下遥望远处山头白云萦绕的于右任墓，心中默读那首"葬我于高山之上兮，望我大陆。大陆不可见兮，只有痛哭"的千古绝唱，又联想到他当年曾悉心关爱、尽力扶植的"西北才子"（于右任语）虽属著述等身，功成名遂，却也是岁月蹉跎，皤然白头，心底不禁涌出一种说不清是欣慰还是酸楚的滋味。我还想，霍先生尽管现在已是名重四海的古文专家、文艺理论家、诗人、书法家、学部委员、博士生导师……但如果不是接连不断的坎坷遭际耗去大量宝贵年华，以他的才气、功力，他是应该对国家、民族做出更多贡献的。而像霍先生这样经历的人，在我们的周围又何止一两位！辗转沉吟，言念及此，对那段特殊年月中种种荒诞世象，我只能发出几声无可奈何的叹息。

在我就读的中学里，几乎所有的语文教师都毕业于陕西师大。据他们讲，霍先生解放初便应侯外庐校长之邀到师大（最早为西北大学的师范学院）任教，先讲中国文学史和文艺理论，以后重点转向明清和唐宋文学。由于他的博学卓识和惊人的口才，讲课极受学生欢迎，又兼时常在报刊上发表一些有锐气有锋芒的论著，在学术界崭露头角，深得学校领导和教育部的赏识。但在后来的"反右""反对厚古薄今"和"拔白旗"等运动中，也都因此受到过冲击。也许是由于心有余悸的缘故，我的中学老师们在谈到霍先生的学术见解时总是语焉不详，但对他治学的严谨、勤奋则是异口同声，言谈间往往不经意地流露出发自内心的推崇和作为受业门生的得意。受这些影响，我入校后曾到师大图书馆查阅过他的著述，当时能借到的计有《文艺学概论》《西厢记简说》《诗的形象及其它》《白居易诗选译》《瓯北诗话校点》《漷南诗话校注》，以及《打虎的故事》《古人勤学故事》等10来种，这在学术风气纯正，出版单位又较少的五六十年代，已属非常引人钦羡的成绩。霍先生在教学任务十分繁重又身兼古典文学教研组组长的情况下要完成这么多著作，所付出的辛劳、心血可想而知。有一次，我在去图书馆的路上与先生迎面相遇，见他腋下搂着10多部图书擦肩而过，走路的样子十分吃力而急迫，心下甚觉诧异。当时图书馆规定每次借书学生不得超过3本，老师5本，霍先生何以能借那么一大摞，这么多书又要用多长时间才能读完？回到宿舍，我向同室的同学谈起这件事。他们讲，那不算什么，推半架子车的时候也有，可能因他是学术尖子，学校领导特许的吧。同学还讲，霍先生隔一段时间就跑一次图书馆，回家便杜门谢客，潜沉其中，即便大暑天也不例外，总把门关得严严实实，汗流浃背，刻苦治学，要不，身体能垮成那个样子？40来岁的年纪，就经常熬中药吃。对他们的说法和看法，我自然是相信的。因为我清楚地记得，那天在路上看到的霍先生，果然是面色灰暗，神情又那么疲惫，显得病态。由此，我又增加了几分对他的敬意和同情。离开学校30多年了，我常常在想，在目前普遍浮躁的社会风气下，高校教师队伍中，还能在多大程度上保留着这种沉心静气、废寝忘食的治学精神？

霍先生家学渊源，根底厚实，于教学、科研之余，每以诗词歌赋自遣。80年代末，出版有《唐音阁吟稿》，曾签名赠我一本。但在师大上学时，我只是在极为偶然的情况下见过他写的四首七言绝句，情感浓烈，意境高远，令人久久难忘。那也是"文化大革命"期间，我从成堆成捆弃置于教室里的大量抄家书刊中，无意中翻出一本仿线装的铅印书稿，书名《壶春乐府》，收有著名曲学家孙雨廷先生的散曲和戏曲。封皮装帧古色古香，相当考究。但无出版单位，显是内部印制。说到这本书，不能不提起我们的校长郭琦同志。他是四川人，早年投奔延安，解放后到中宣部系统工作，后来到陕西师大做副校长、校长。他是知名历史学家，又是一位治校有方，卓有建树，颇具见识和魄力的教育家。到师大后，为了施展建设名校名系的抱负，千方百计从省内外延揽了一大批专家学者来校任教，其中不少是学有专长但又有这样那样的"问题"的人。为稳住这批人，他想方设法，积极创造各种途径让他们各得其所，展其所长。其中包括对在当时政治气氛下不宜上讲坛的，就安排他们专门从事研究和著述工作，顺便带带年轻教师。有的早有研究和写作成果，但因各种限制无法正式出版的，便由学校印刷厂负责印刷，用以在学术圈和朋友之间赠阅流传。通过这些办法，确实为学校罗致了一批人才，到我入校时，师大师资队伍的阵容和实力都是为社会各界广为称道的。这部《壶春乐府》，我估计，很可能就是这种背景下的产物。几十年过去了，书稿的内容已然模糊，但是书前霍先生的四首题诗，至今记忆犹新。特别是第四首的后两句"老树犹然花烂漫，新松不长欲如何"，我敢保证记得一字不差，并常引以自励。四首诗引喻得体，风格明快，字里行间，充盈一种见贤思齐的焦渴和奋发向上的朝气，读来情真意切，催人奋进。而霍先生的品格、襟怀与志趣，也于兹可见一斑。

我一向自卑，在校时与霍先生少有直接接触，亦缘分所吝，常以为憾。1988年，我到省委宣传部工作，1995年又奉调中国作家协会，因先生兼任陕西诗词学会长、中华诗词学会副会长、中国文艺理论学会常务理事、国务院学位委员等职务，工作中便逐渐有了一些联系。先生每有新著，总会托人惠我一读，也偶尔带来口信或便笺，对某项业务提供意见和建议，但从未因个人事情提过要求。这种潜沉学问又诲人不倦，热心公益又与世无争的品性，在众多同事和弟子中有口皆碑，想来与他饱览诗书，邃密群经，见贤思齐，自尊自强的问学志趣和人格修养密不可分。记得在一则"文革"后所写的短文中他曾说过:余童年读《孟子》,即有志做"不失其赤子之心"的"大人",稍后读李卓吾《童心说》而此志益坚,数十年来虽备受摧抑,依然未改童心,耻做"小人"。其痛定思痛,九死未悔的决绝操守,着实令人感佩。好在种瓜得瓜,种豆得豆,先生晚来诸事称意,境况大好,不久前收到寄来的一组诗,其中最后一首写道:"幸全性命脱红羊,文运欣随国运昌。橘种千头终献果,兰滋九畹正飘香。岂徒学友盈三辅,更有吟朋遍五洋。儿女成才妻尚健,年丰人寿乐无疆。"足见壮怀如昔,身心俱佳,读之无比欣羡。

近接母校来函,告以明年将举行霍先生从教60周年暨80华诞庆祝,希望到时参加并预有题贺。我自知谫陋,但于命难违,踌躇再三,写了一张"学高德劭,一代师表"的条幅寄去,过后又觉未能尽意。惶恐之际,想起柳宗元的《送崔群序》,"贞松产于岩岭,高直耸秀,条畅硕茂,粹然立于千仞之表。和气之发也!禀和气之至者,必合以正性,于是有贞心劲质,用固其本,御攘冰霜,以贯岁寒。故君子仪之"。由是更赧然于心力的不逮:要表达对先生的心仪,这段文字不是再确当不过的吗?

好在不久先生来信,称"字写得极好""足为纪念文集生色""当编入书画集,并届时装裱悬挂"等,循循劝勉之意,一如化雨春风。这或许是先生迄今唯一一次为我批改作业,但他奖掖后进、甘为人梯的诸多懿行,在学界早成美谈,能亲承其炙,即只一次,又何憾耶!

1999年12月20日于北京,2016年12月再改
原载《西安日报》

沉重的负债

我是养母在我还没到满月的时候从生母怀里抱走的。

养母和生母是亲姊妹。此后我一直把养母叫母亲,把生母叫阿姨。

我养父母成家10多年,生过的孩子都没活。他们为此焦急万分,担心自己命里就没带来儿女,到处求神算卦,延医问药。我出生不久,母亲刚生的一个孩子又夭折了。她捶胸顿足,如疯如魔,成天痛哭流涕,加之奶水正旺,胀痛难受,就到乡下找姐姐哭诉命运的悲苦。进门见到襁褓中的我,一把抱过来,解开衣襟就把奶头往嘴里塞。据说那时我吮吸着母亲充足的乳汁，像一匹小狼，兴奋得咯咯直叫，嘴巴急不可耐地把奶水顶得满脖子满脸。那贪婪蠢笨的样子，让母亲顿觉通身舒坦，脸上漾开少有的笑容。临走时她央求姐姐，让孩子跟我吃几天奶吧，没等回话，便不容分说地把我抱回城里。

30多年后，阿姨说，当时见她脸色蜡黄，做姐姐的能不心疼？说是抱几天，谁知就抚育上身，再也要不回来呢。阿姨连我先后生了5个男孩。我儿子曾问，您那么多"光葫芦"，光景又苦焦，有什么舍不得的。她怯怯地笑笑说，你哪里懂得，都是心上的肉，越生越亲，哪有多余的。

在那个年代，对一个家庭来说，膝下荒凉真算是天大的事了。抱养人家的，一辈子总提心吊胆，生怕长大后不挨身。母亲脾气不好，人厉害，故而邻里邻居知道根底的，都小心翼翼，从不敢提及。

我被抱走后，轮到阿姨疯魔了，白天晚上心神不宁，吃不下饭，睡不着觉，几次借故进城，都被母亲挡到门外。阿姨性情慈蔼，人长得俊俏，针线活又好，出嫁后跟姨父享过几年福。胡宗南进攻时，姨父开的商号被洗劫一空，全家沦落到乡下，靠种地、养猪、推磨卖油为生。

我外爷去世早，母亲是阿姨拉扯大的，从小好强，动不动使性子，阿姨总也忍让着几分。那些日子阿姨心慌得不行，就打发我的两个哥哥天黑进城，到墙外偷听，看我晚上会不会哭闹，睡觉安稳不安稳，有没有感冒咳嗽，闹肚子拉稀。我家院子大，巷子里听不清，哥哥们得爬到墙头才能探听清楚，而母亲见有响动，就知道来的是谁，每次都朝窗外恶声恶气一通喝骂，让他们铩羽而回。

我上到小学三年级的时候，母亲生的孩子终于成活了，且接二连三，一生就是5个，直到不堪劳累，不愿再生。周围的人说，这全凭人家王乡长（我父亲是不脱产的城关乡乡长）为人老实厚道，又几次给先人迁坟，把风水占住了。这自是无稽之谈，但父亲对这种说法深信不疑，因此，逢年过节，带领我们上坟祭祖，就成了他生活中须臾不可马虎的头等要事，终其一生，未曾耽搁，直到去世的头年春节，还以病弱之躯，要我们搀扶着涉水爬山，去烧了最后一炉香，祈祷先人保佑子孙平安，瓜瓞绵延。

对风水之说，阿姨一家并不反对，但他们更多地认为是因为抱养了我，才给家里带去了好运，带出那一连串子女。据我体察，父亲对此也是深以为然的。因而在兄弟姐妹中，对我总是格外呵护，言谈举止，甚至能觉出某种感戴的意味。母亲一辈子争强好胜，她的能干与她的坏脾气一样有名。遇到不顺心的事，也常拿我们的某些过错撒气，稍加反抗，更会惹得火冒三丈。这对弟妹们也就罢了，若是对我过分，父亲便会出面干涉，甚至会由此引发一场"战争"。有次争吵中父亲一句"人不能坏良心"，惹得母亲号啕大哭，躺在炕上好几天，摆出一副"这光景没法过了"的样子。

母亲对这句话如此敏感，是因为这正触到了她的心病。母亲很爱面子，很看重社会评价。邻里们说，她脾气不好，但做事精明，心肠软，给她三句好话，就恨不得把心掏给人家吃。尽管家里日子紧巴，见到讨吃要饭的，从没让空手离开过。父亲的老家在乡下，庄里的人进城赶集，顺便带把苦菜野蒜来，四婶子四奶奶地叫几声，就非得留人家吃饭，哪怕是向邻居借两碗面，也要做一顿像样的待客吃食。自生下五个弟妹后，她很留心别人的看法，生怕说她厚此薄彼，三等两样。在我们那地方，对一个女人若有这样的微词，便等于"一票否决"，等于说这人品性坏到极点。母亲那次的过激反应，正是怕那句话被别人听见，有损名声，同时也给全家一个下马威：自今往后，不论何种情况，谁都不能碰这个雷。

与母亲同样害有心病的，是阿姨。家里添丁加口以后，阿姨来得勤了，有时一待就是一两天，说是来做针线，帮锅灶，实际在察言观色，看我受不受气。一天，母亲上街买肉，阿姨把我妹妹抱在膝上，一边给梳头，一边爱怜地说，阿姨生了那么多小子，就缺个闺女，难怪你妈金贵你，打扮得这么整齐。旋又看我一眼，说看看你大哥，头发那么长了，像个野人，也不去理一理，袖口磨破了，也不提醒你妈缝一缝……谁知这话正好全被街门外的母亲听到了，她品出了其中的醋意，遂将大门哐啷一把推开，怒气冲冲进来说，姐姐你要不放心，干脆领回去算了，省得你老是防贼一样提防我。阿姨自知失言，连忙赔不是，说，我不就唠叨两句，哪有责怪的意思，便借口家里牲口没人喂，眼泪汪汪地走了。母亲拦不住，赌气说，肉都买了，你要走，以后就别来，阿姨径自嘟囔说，不来就不来，但你可要把心放平；我原是为好，现在反倒成罪人了。阿姨走时委屈的样子，看着真是可怜，让我难受了好几天。

不来，可能吗？毕竟是亲姊妹。遇有小病小灾，急事难事，相互跑得比谁都欢。那年母亲攒够了钱，动工修三孔窑洞，阿姨一家全来帮工，烧火做饭，挑土背砖，挖地基垒院墙，4个月下来，硬是耽搁了一茬庄稼。但眼看我家日子越过越红火，都打心眼里高兴，干得既卖力，又兴奋，像自家办喜事一样，满脸光彩。

平心而论，母亲并不像阿姨担心的那样。她虽然相信韩非子那句"慈母有败子"的浑话，对我近乎苛刻，但生活上一直是关心备至，体贴入微的。小时我身体弱，不好好吃饭，她十分熬煎，为此想尽了法子。医生说鸡蛋营养好，就专门喂了一窝鸡，每天早晨上学前，一碗加了红糖的开水冲鸡蛋，非得看着我喝下去不可，多年如一日，从没间断。即便这样，仍是小病不断，动不动感冒。而一旦生病，她就方寸大乱，又是请巫婆祛邪送鬼，又是跑医院求医买药，整夜整夜地守在身旁不合一眼。母亲说过，每次放学，只要老远望见我皱着个眉头，她心里就直打哆嗦。这句话，几十年来我一直记得，一辈子都不会忘记。我上学爱去书店，爱订报刊，开口要钱，母亲从不为难。至于衣服鞋袜，新的旧的，单的棉的，全是她按最时新的式样剪裁缝制的，比裁缝铺做的一点不差，同学都很羡慕。母亲的针线手艺和阿姨一样，在瓦窑堡很有名气，凡是像样人家，娶亲嫁女，都得请她们出马。

阿姨和母亲，这两个原本相互体恤、相濡以沫的骨肉至亲因我而产生的复杂微妙、纠结不清的恩恩怨怨，直到我参加工作、结婚生子以后，才如同春打河开，风吹云散，自然化解。

大学毕业回到延安时，从部队复员的二哥已担任部局级领导，他把全家户口转过来，一家人总算团聚。但生活相当困难，老老少少八九口子，就靠他40多块钱工资。

我和妻子大学毕业，工资加起来也不到100块，加之孩子放在子长老家，每月得捎钱回去，也没能力接济他们。有时去二哥家，掏出10块8块的给阿姨，她都坚决不要，推来让去，怎么都塞不到手里，说我有你二哥呢，不要你操心，有点零钱别乱花，捎回子长，你爸你妈养活一大家子不容易，要好好心疼他们，人不能昧良心。二哥的同事从乡下捎来土豆南瓜萝卜，一时吃不了的，她都要用布袋装好，等在公路边托认识的司机捎到子长。母亲因家里拖累大，身体后来也不好，很少来延安，每次我们回去，提起阿姨，她都泪眼婆娑，说那么大年纪了，看了大的，还要看小的，受了一辈子罪，没享一天福。走时，总要取出早就备好的一两块的确良或卡其布衣料，让捎给她的老姐姐，说她爱好，我做的她看不上。母亲晚年，把二嫂叫来，当着我们兄弟姐妹的面，取出平生积攒的几十块银元，每人分给一份，给二嫂的那份，又比我们多了一些。母亲说，你二哥二嫂心忠，对你阿姨孝顺，我心里常记着的。

孩子们常问我，姥姨和奶奶，你究竟看着谁亲，这让我每次都窘迫语塞。我似乎从来没想过这个问题。我只是知道，这两位境遇不同，性情各异的女性，几十年来牵肠挂肚，担惊受怕，为生我养我、拊我畜我、顾我复我竟日操劳，夙夜忧叹，付出了操不完的心，受不完的累，流不完的泪水，以至每一想起，都让我感到一种永远无法偿还的精神欠债，一种永远报答不完的情感重荷。如果说，这样的歉疚感每个人都有，那么我自己则因为她们之间曾经有过的猜度、怨望而更觉加倍的深刻，加倍的沉重。我有时感叹，我这个人真是罪孽深重得很，孩子们不理解，笑我是故作深沉，为赋新诗强说愁，也难怪他们。

现在我的两个母亲和两个父亲都已先后离世。我常能梦见他们。一次，阿姨托人捎话说，如手头宽松，就寄点钱来。这让我大惑不解，一个多么谦和自尊的人，会有这样的话吗？妻子说，你不是经常念念叨叨，说阿姨生前没花过你一分钱么，日有所思，夜有所梦呗。又一次，母亲嗔怪我抽烟太多，说从小身体那么个样子，还不赶快戒了，你要让人操心到什么时候。醒来，眼角仍有潮乎乎的泪渍。

子欲养而亲不在。这人世间最令人伤怀的追悔，永难排遣，注定将伴随终老。我现在能做的，只是每年春节前后，都带着孩子们回到老家，去相距不远的两处祖坟，给他们献上同样等份的奠礼，同样虔诚的祝福。

2012年11月19日

原载《文艺报》

慈云依依

对白云山的思念，总是与对父亲的感怀连在一起的。

小时候我身子骨单薄，小病多，父亲对此深为忧戚，怕我不好"保存"，常常摇头叹气。后来受人指点，便到葭县白云山去祈求神灵保佑，许了清油两瓮，耕牛一对的心愿。待我长到12岁，按迷信说法，算是魂全了，父亲的眉头才舒展开来，脸上有了踏实的笑意。这一年的四月初八，他从母亲手里接过一沓钞票，带上从银匠铺里定做的拇指大小的一对银牛，又专程前往白云山,在太上老君神座前泪流满面,泣不成声地跪诉了他的感戴之情。

在这之前和之后的若干年里,每到四月,总会有人上门来,取走父亲托转的布施,几天后又捎回从山上带来的神符。这神符我后来揣想大约就是印在黄标纸上的梵文咒语,说是可以攘除灾难,庇佑全家平安。另外还有一条金刚带,是用白、黄、紫三色棉线搓成的细绳,也是用以护身辟邪的。每当父亲把这金刚带小心翼翼地拴在我的脖颈下,那幽幽散发的香火气息,便似乎让人有了一种神圣与祥和的情感。而这时的父亲,更是容光焕发,连说话都显得底气十足。

我朣朦时代的宗教感知,便是由父亲这些浸透着至情至爱、至善至诚的祀奉活动中,如微风掠过田野般传递而来。

父亲最后一次上白云山,已是年近古稀,是为与我妹妹职责有关的一次公款失盗案而去求谶问卦的。那时他的膝关节增生已很严重,母亲死活不让他去,谁知他竟愀然变脸,怒狮般厉声暴喝,你懂个屁,谁要你管,说着一把推开母亲,硬是于暮色苍茫中拄着一根拐杖离家而去,往返300多里的路程,就靠这一双腿一瘸一拐地走完,回来神情宽慰地告诉家人,放心吧，没事，没事的。那案子一年后还果真给破了，是盗款的人因其他罪行被逮后交代出来的，解脱了我妹妹的干系。我回家探亲时听母亲讲了这件事，也责怪老头太倔太执，父亲连忙打断说，不要瞎说，灵验得很，灵验得很。

后来，大约是上世纪90年代初，我去榆林出差，才有机会瞻礼了这座在北部中国威名显赫的道教名山。

那真叫大开眼界，叹为观止了。且不说双龙岭上8万多平米的54座寺庙、400多处建筑是何等的恢宏苍古，气象森然，单是晋陕峡谷间由黄河西岸几乎垂直而上的700多级磴道，便如一架通往九天宫阙的云梯，攀援驻足之际，俯瞰黄河奔涌，仰望白云舒卷，就常把人们的思绪引向高超碧落、清静虚无的澄明境界，想来也是其他仙乡道山绝难见到的风光。

这白云道观自宋代开山以来，先有明朝皇帝朱翊钧降旨关垂，后有革命领袖毛泽东登临激赏，再加改革开放以来中央政府的重点保护文件，故山上古建及观内珍藏大都保留完好。现存有明代铸造的万斤铜钟，万历皇帝的圣旨原件，朝廷御制的道藏经卷，以及历代碑刻170余通，雕塑200余尊，壁画1300余幅，此外还有遍布各处的各种牌匾、楹联、曲谱等，整个景区，便是一处博大深邃的宗教文化宝库。

正因为白云观悠久的历史、雄奇的地理风貌和在全国道教界的影响,千百年间前来朝山游历者从未间断。特别是每年三月、四月、九月过会期间,来自中原、西北、华北、东北等地的数10万游客信众,或进香火,祈平安;或谈生意,做买卖;或赶红火,会亲友,熙熙攘攘,络绎不绝。旗幡招展中,篆烟缥缈间,鼓乐鸣奏,喧声四起,偌大的一座白云山,一时竟成了不同民族、各种文化和谐交融的祥和之地,万众开颜、欢歌笑语的升平世界。据县上的同志介绍,全县每年的财政收入,百分之八十来自山上的布施和税收收入。其繁荣鼎盛之况,可以想见。

自从离开故乡,关山阻隔,冗务羁縻,对那方大河泱泱,白云悠悠,承天覆地,十方共仰的法界胜地,只能念兹在兹,心驰神往了。

前些日子有客自陕北来,谈及当地政府应民众要求,正在规划开发以白云观为核心的大旅游景区,所需费用甚巨,又兼涉嫌宗教推崇,故以利弊征之于余。我略加思忖,爽然答曰:以全面、协调、可持续发展的理念度量,此议并无不可。

世上所有的宗教,除恶意制造乱神怪力者外,都是某种思想文化神圣化和神秘化的产物，其崇奉的教祖偶像，原本也都是各自民族大智大慧、超拔群伦的先贤先圣。在我国5000多年的思想史上，包括孔子、老子在内的诸子百家，在其"究天人之际，达古今之变"的探索中，分别开宗立派，形成了许多蕴涵真理光芒的理论学说，是中华民族弥足珍贵的精神财富。道教，其实就是宗教化了的道家学说。鲁迅先生说过："中国根底全在道教。"道教秉持的济贫拔苦、国泰民安的社会理想与澄心定意、固本强体的养生理念，即使今天看来，也未必过时。因而，只要出发点对头，开发管理过程中注意去伪存真，兴利除弊，则此项计划，对于保护历史遗产，弘扬民族文化，助推当地经济，构建和谐社会，都不无裨益。

至于经费，政府自应负责。而发掘民智民力，尤为重要。世间资源财富，本为人类共有，生不带来，死不带去，取之社会，用之社会，方为正道。白云山能有今天的宏阔瑰丽，端赖前人的功德善举。当今之世，政治清明，国强民富，名商巨贾，正难数计。所可喜者，此事甫一计议，已有京城企业闻风而动，慷慨斥资，而争先恐后者，正不乏人。如是各输赤诚，兼募十方，何事不成，何功不逮？

要紧的是，领其事者一定得临深履薄，深思熟虑，精心运筹。一工程，一砖瓦，务求锦上添花，不可佛头着粪；务求精雕细刻，不可粗枝大叶；务求恰到好处，不可画蛇添足；务求整体协调，不可不伦不类。至若佛面削金，蚊腿割肉的秽行，上欺神明，下损阴德，因果必报，犹应惊悚。

果能如此，则功德无量，善莫大焉。

2005 年 5 月 28 日

原载《作家企业家报》

芦草之思

秋风渐紧,霜叶飞红。忽然想起家乡的芦草。

芦草,即芦苇,亦称蒹葭。"蒹葭苍苍,白露为霜",古诗词中经常提到的,足见在骚人墨客心目间,它也算一道颇堪赏读的风景。镜头里,画面上,诗词文章中,只要有了那么几束临风摇曳的花穗,季节立马便变得活泛、生动、爽朗、辽远起来。但在家乡人眼里,它就如普通的茅棚野蒿,不需费工作务,又能提供生活的不时之需,故称之为"草",并无轻忽的意思,内里反而多了几分亲近。

去年春节过后,我得了一种俗称"打

嗝"的毛病。虽无关紧要，却顽缠，麻烦。白天晚上不时发作，没完没了，闹得食不甘味，寝不安枕。开会，聚餐，冷不丁来几下，自个难受不说，也大扫别人兴致。为此想过不少法子，憋气深呼吸、大口吞咽热水、筷头轻触咽喉诱使作呕等，逐一试过，都不管用。去医院就诊，说是腹腔横膈肌痉挛所致，用过一些药，也没明显效果。如此反反复复一个多月的折腾，人就明显消瘦下来，那种老病欺人、痛苦无告的况味，至今想来仍有余悸。恰在那时，老家有人打电话过来，没讲几句，便听出蹊跷，说，是打嗝啊，告诉你个偏方，准行。也是有病乱投医吧，只好将信将疑照记下来：芦根、柿蒂、竹茹各10克，丁香6克。到中药房，坐堂医生看过，说治呃逆吧，可以试试。不想这一试，也就10来付汤药，那饿鬼般纠缠不休的病魔竟然真就被制服了。此时才记起，小时候外出打柴，大人总是叮嘱，沟湾处的芦根水不能喝，太凉，伤人。而民间偏方中，它又是治疗许多杂症不可缺少的一味草药，不值钱，但在缺医少药的年代医人无数，应算一大功德。

芦草每年4月发育新枝，端午前后，正是生长旺盛、叶片舒展的时候，乡下人会把芦叶采摘下来，束成小把，到城里头换钱。过端午，包粽子，这是老家瓦窑堡家家看重的节庆之一。我家人多费事,端午的头天就得开始准备,要把软米(糜子)、大枣、芦叶、马莲条分别盛到瓦盆里泡好。第二天打早,母亲便端一小凳,坐在这些水淋淋的盆具间,像一位老到的艺术家,开始熟练地操作。包粽子说难不难,但要真把它包得大头尖尾,见棱见角,按母亲的说法要"俊模俊样",也不容易。因芦叶窄,母亲一般是视叶片宽度将两片或三片叶子拼对平整,先用左手拇指压在掌心,再用右手自如地卷成漏斗状,并依次充入软米、红枣、软米,然后把"漏斗"上部预留的叶子折回来包裹严实,同时迅速用马莲缠绕捆好。这期间,左手是无法动作的,全靠右手和牙齿灵巧配合的功夫。我试过几次,不是漏米,就是散架,母亲说,你们要都会,早不要我了。母亲做的粽子,个儿大,每个有二两重,味道清香,冷热可食,冷吃比热吃更好,爽口,筋道。现在商店买来的粽子,无论稻香村还是宫颐府的,精致是精致,但无论如何找不出记忆深处的那种口感。这常让我想到千年以前在洛阳为官的吴中张翰,因"莼鲈之思"而怅然若失的慨叹。

  深秋季节,芦草成熟,寒风过后,芦叶尽落,此时也正是农闲时间,勤快的庄户人便把野地的芦秆收割回来,破成篾子,或自己动手,或请专门的篾匠编织成炕席,除自家用外,还扛到集市出售。这编席子也算得是个技术活,不是谁都干得了的。心灵手巧的,编出的席子平整细密,色泽光洁,手艺不好的,做出的活粗粗糙糙,松紧不一,两者价钱相差很远。那时的瓦窑堡无论城乡,家家住窑洞,户户有炕,席子是少不了的。城里人过年,即使光景差些的,也要刷窑洞,换窗纸,买年画,贴对联,到年三十,生熟茶饭料理就绪,则换上新买的炕席,满窑洞顿时衬托得豁亮起来,人们的心情自然也振奋了好多。正因如此,年节的农贸市场上,席子就成了必不可少的抢手货。城门外的河滩上,前去看成色、量尺寸、搞价钱的,人来人往,煞是热闹。农民由此有了一笔额外收入,一年的油盐钱和孩子的学费就有了着落。前几年春节回家,见瓦窑堡模样大变,到处是灰蓬蓬的楼房,住窑洞的已经不多,集市上也见不到卖席子的,倒是商店里席梦思之类的床具卖得很火,老乡告诉我,一来现在铺席子的人少,二来是农民手里活钱多了,编席子费工又挣钱不多,不合算,没人再做那个营生。

陕北人生性达观,日子苦焦,但苦中作乐的文娱生活是不能少的。通常的娱乐方式,是唱曲子,"女人忧愁哭鼻子,男人忧愁唱曲子"。其实无论是男是女,陕北的年轻人没有不会亮几嗓子信天游的。也不全是忧愁才唱,何其芳说陕北是民歌的海洋，那其中大部分是向往美好生活和追求纯真爱情的杰作。再就是"听古朝"。讲古朝的除像曾任中国文联副主席的韩起祥那样的专业说书人外，还有一些七行八作中有点文化嘴头子又好的土秀才义务开讲的书场。书场不收费，大人小孩随便围上听，讲的人以能与众人分享自己的"肚才"为快乐，把一部"三国""水浒"或"五女兴唐""七侠五义"讲得活灵活现天花乱坠，听的人则从那些回肠荡气的故事中获得知识滋养和精神满足，常常废寝忘食，竟至有尿湿裤裆而不肯离去者。当然，最盛大的群体文娱活动还数春节的闹秧歌，老百姓叫"闹红火"。城里闹，乡里闹，白天闹，晚上举着花灯闹，从正月初二一直要闹到十五。有名的《夫妻识字》《兄妹开荒》便是鲁艺的文艺家在参与闹红火时的创作成果。除此而外，每到农闲时节逢集赶会，都会有自乐性质的"道情"班子哄场助兴。每个班子八九人，都是地地道道喜欢热闹而又有一定文艺特长的农民。演出时不化妆，以说唱为主，同一表演者可扮演不同角色，却能把剧情演绎得跌宕有致声情并茂。乐器道具因陋就简，一块头帕代表小姐，一柄扇子就是秀才，锣锣鼓鼓，三弦胡琴，都是自制的。其中有一种叫做"管子"的乐器，就是用苇秆做成的。管子看似洞箫，长短只有一尺，也是七孔，吹奏时顶端另按一个"咪子"，便可随剧情变化吹出或雄浑激越或悠扬委婉不同的曲调。这管子音色清亮，传声远，在整个乐队起引领作用，山背后、沟道里的行人，听见管子的声音，就知道有道情演出。人们看道情，很大的原因就在欣赏管子吹奏，一个道情班子少了一位老练的管子吹奏者，表演效果就要逊色得多。多少年了，每一想起当年坐在尘土滩地围看道情的情景，那头上笼着羊肚子毛巾、眉头紧皱、两腮鼓起、神情专注的管子演奏者的形象，总会第一个出现在脑海，鲜活如昨。那是我最早的器乐审美启蒙者，我常能记得他，记得他出神入化的演奏，还有那支奇妙的管子。

芦草生命力强，耐瘠薄，但性喜阴湿，在干旱的陕北高原也只有山坡背阴处和沟底河湾里才偶一可见。去年金秋，正蟹肥稻熟时节，盘锦的朋友约我参加市上举办的旅游文化节，在那个九河下梢的冲积平原上，第一次领略了苇草被称之为"海"的浩瀚与壮美。那是一种什么样的气势和神采啊！无边无际的苇草，森林般茂密，草原般辽阔，积雪般厚重，波涛般雄浑，纵横的芦荡间，小船悠悠，快艇疾驶，宿鸭惊起，白鹭翩飞，加上远远近近金黄的稻田，殷红的海滩，蔚蓝的大海，看去直如一幅色彩艳丽、气韵蓬勃的版画杰作。而那画板，竟有

120万亩的面积！这样的苇草，自然是可以入诗入画的。颜真卿的"登桥试长望，望极与天平。际海兼霞色，终朝皂雁声。近山犹仿佛，远水忽微明。更览诸公作，至高题柱名"，李端的"行人路不同，花落到山中。水暗兼葭雾，月明杨柳风。年华惊已掷，志业飒然空。何必龙钟后，方期事远公"，写的虽不是辽海风情，抒发的也只是惺惺相惜或清高自诩的襟抱，但那飒爽高标的芦苇，空山野渡，风晨月夕，每每牵引行人逸兴，成就了诸多借景抒怀、托物言志的名篇佳作，确是让人心仪神往的。

　　盘锦归来，本该写点东西的，但提起笔，思绪却跑到陕北的山野间。我想到，那些零零散散偏处荒山野地的芦草，虽不入大师法眼，甚至连杜甫、范仲淹写于陕北的《羌村三首》和《渔家傲》中也没有留下些许踪影，但它却在艰辛岁月里竭尽所能，倾其所有，给家乡父老那么多帮助，带去那么多便利，也为我寂寞的童年生活增添了那么多乐趣，我是应该写写它们的。我对它情有独钟，常常感念它，一如感念那些普普通通老实厚道的父老乡亲。

　　法国哲学家帕斯卡尔说过，人是会思想的芦草。

　　但不是每一个会思想的人都有芦草的飒爽，慷慨。

2013年 霜降
原载《光明日报》

老家的年味

一过腊月二十三,瓦窑堡城里便喜气盈动,年味渐起。学生娃早早放假了,外地该回来的人陆续回来了,机关单位说是上班其实也就那么回事了,家家户户赶着刷窑洞、换窗纸、写对联、糊灯笼、生豆芽、磨豆腐、蒸馒头、做稠酒,格外兴奋忙碌。

费事的是做"八碗"。猪肉、羊肉、鸡肉、牛肉都得有,葱、姜、蒜、花椒、大料一味不能少。牛羊肉好说,剁好块绞好馅到时候做都来得及;猪肉鸡肉就麻烦得多,无论是酥是烧,都得先拾掇干净、切成大块在调料汁里泡过,放进滚烫的油锅炸至焦黄,盛到缸里在院子里冻好,等到年三十取出,再七碟子八碗地摆到大锅猛火蒸熟。尔后,一桌丰盛的年茶饭便伴着外边噼噼啪啪的鞭炮声,咚咚锵锵的锣鼓声,在全家老少的笑语欢声中开席了。

"八碗",即陕北的年茶饭。

为了让全家人包括辛苦一年的主妇们都能在春节期间彻底放松下来,尽兴地走亲访友看秧歌赶热闹,这样的年茶饭基本上要准备得够一个正月食用。这样,起码从腊月二十三到正月十五这段时间里,瓦窑堡城里就成天飘散着这种炸丸子蒸酥肉的诱人香味。

天气出奇的好。太阳暖堂堂的,空气中依稀能察觉丝丝春意。午休过后,弟弟过来说,好容易回一趟家,老抱着本书有什么看头,街上可热闹啦,要不拉你们出去转转?弟弟在油矿当工人,原先有一辆桑塔纳,去年卖掉了,换成原装进口的本田雅阁。我觉得这有点招摇,弟弟说什么招摇不招摇,瓦窑堡城里现在满大街都是豪华车,咱这充其量只能算中低档。我说关键是用项不大。弟弟说才不是哩,一大早先要送孙子上幼儿园,再赶四五里路去上班,没这么个东西真还不行。我说那从前还不是……见我要"啰唆",老伴适时拦住话头:这有什么好争论的，只要买得起，有总比没有方便嘛；不过今天街上太挤，不如自己溜达溜达，也活动活动筋骨。弟弟说，那好，我陪你们。

大街上果然人潮涌动，市声一片。从南城到北门外的县河桥，三华里的主街道每隔一段一道彩虹门，最醒目的是"关注民生""和谐发展"等几幅标语。行道树上缀满五颜六色的彩灯，纵目望去，恍如步入桃杏花盛开的野外。两边的店铺，一水的落地玻璃门窗和古色古香的墙砖、牌匾，既亮堂，又雅致，据说是县上出钱统一装修过的。临年腊月了，许多商店打出清仓狂甩的广告，家电门市和家具市场顾客盈门，异常火爆。城管似乎也管得松了，一些商家把货物成箱成捆堆积到门前的马路牙子上兜售，个体摊贩们也随处插空设点，用只有当地人才能听懂的土话高声吆喝。

"年画！买年画啦！"正行走间，被左前方墙壁上一张巨幅"胖娃娃"吸引住目光。灿烂的阳光下，那眼睛明骨碌碌的胖乎乎的小孩，正咧开红嘟嘟的小嘴朝你笑着，憨态可掬，分外招人。这年画太熟悉了。小时候过年，瓦窑堡城里哪怕是再穷的家户，也会买这么一两张，给家里添些喜气，让大人孩子高兴好一阵子。只是说不清什么原因，后来就越来越少，以致再也见不到了。

什么原因！那时候不提倡过革命化的春节嘛，修梯田打坝，"干到腊月二十九，吃罢饺子再动手"，人们哪有时间和心情置办年货？弟弟不无感慨地说。

"老汉家（陕北话：老人家），快过来，甚都有哩，风景，仕女，戏剧人物，书法作品，都有哩。"见我只顾端详墙上的胖娃娃，卖画的年轻人主动招呼。我问多少钱一张，答说最大的20块，也有10块5块的。我说那么大的画回去怎贴啊，小伙笑着说，这你老人家就别操心了，而今到处高楼洋房，有钱人多的是，专要大的哩。我说也不是都有钱啊，小伙说再穷也比过去强，谁家没个自行车电视机，买张年画算个甚！

临了，虽没想清楚往哪里贴，但为了那些快乐的童年记忆，我还是买了两张5块的。

快到后晌了，逛街的人越来越多。随着熙熙攘攘的人群挤过县河桥，便是近几年新发展起来的"农民街"。眼看要过年，人们大多是奔着这里的农贸市场来的。市场占地30多亩，摊位少说有几百家。一排排临时搭建的凉棚下，卖熟食的，卖蔬菜的，卖水果的，卖服装的，卖日杂百货的，七行八作，应有尽有，连多年不见的芦苇席子、牲口笼头、手织土布、木具铁器都能买到。弟弟说，现在日子好了，人们有心劲过光景、懂得做买卖赚钱了，只要你想要，没有买不到的东西。

在熟食区，我问卖羊杂碎的大嫂多少钱一碗，回答说25块，我说咋那么贵呢，大嫂说这还算贵，卖得快着哪，眼看第三锅都快完了，想吃趁早。弟弟向我耳语：贵倒是不贵，且不说物价上涨，关键是人家真材实料，做得细致干净，吃着放心。

从市场北门出去，没走几步，见街边几位戴白帽、袖套，怀里端着簸箕或秸秆锅盖的妇女热情打招呼，近前揭开笼布一看，卖的是杂面叶和年糕卷，也是多年未尝的吃食，甚是稀罕。

这两种食物，看似简单，做起来却麻烦，是当地妇女私相传授的厨下绝艺。杂面用豆面掺以少许麦面和榆皮面擀制而成，薄如宣纸，宽窄由人，下锅稍一翻滚即须捞出，浇上羊肉臊子和芫荽、葱花，香醇适口，在那些缺少大米白面的年月，是来人待客的上品美味。年糕更麻烦些，要将软糜子面在大锅里蒸熟，趁热在案板上摊开，抹上枣泥豆馅，再成卷儿，表面抹上清油，即成金黄金黄的素糕。食用时一般会将糕卷横切成片，在油锅里炸过，吃起来香甜绵软又耐饱。且"糕""高"谐音，寓意吉祥，是逢年过节、红白喜事必不可少的一道主食。民歌里唱的"热腾腾的油糕摆上桌，滚滚的米酒捧给亲人喝",指的就是这个东西。但平常时间,多数人家是难得吃上一顿的。

买吧买吧!想吃就买。大约是见我一副馋相,老伴从旁催促。一问价,便宜得都叫人不好意思。杂面一把才3块钱;糕,一卷5斤左右,也只要10块。"现在退耕还林了,国家又补粮又补钱,婆姨女子有的是时间,做点粗粮,也就挣个手工钱",她们诚恳地说。问为什么不到市场里去卖,答说划不来,还得交摊位费。在这儿没人管吗?答:不管不管,现在种地不收税,念书不交钱,看病都给补贴了,政府上那么富,不在乎这俩小钱儿!

转转悠悠,停停走走,大半天时间不觉就过去了。回到城里,已是薄暮时分,花灯竞亮,爆竹声声,家家户户正忙着开晚饭,满城又弥漫起浓浓的香味。这香味,传递着和平安详的信息,令人舒心适意,又神魂沉醉。见我兴致勃勃,意犹未尽,弟弟不无得意地问,感觉咋样,比你窝在家里看书强吧?我说当然。但内心却说,这一下午的时间,不也是在阅读一篇活色生香引人入胜的精彩之作么!

瓦窑堡的年味,真的是一年比一年浓了。

2011年3月
原载《人民日报》

别样闲愁

人上了年纪，胃口差了，食欲就减退，一日三餐的张罗，便成了一道难题。

不是舍不得吃，也不是懒得下厨房，最感为难和沮丧的，是有时花半天时间开动机器绞尽脑汁搜索枯肠思来想去，竟想不清自己究竟想吃什么。年轻时那种狼吞虎咽风卷残云"吃嘛嘛香"的馋劲，说起，都让人徒增气吞万里的豪迈和风光不再的感慨。这样一来，每次临到用餐结束，我家的一把手总会把"下顿吃什么"这个自己就毫无主见的议题拿出来发扬民主；而反反复复讨论的结果,又照例是在不断的否定之否定中含含糊糊,不了了之。

时间一长,建言献策的积极性受挫,说话时难免流露出不胜其烦的情绪。"随便随便。什么都行。做啥吃啥,完全由你定。"最不该讲的,是后面这句:"多大点事,老问!"

当此之时,一把手必定愀然变色迎头棒喝:烦了是吧。嫌烦就别老提意见呀。说得好听,一顿不合适都不行,嘟囔个没完。"随便随便",随便是什么,做一道让我们尝尝。又馋又懒,瞧那点出息……

没错,怪我自己。谁让你怕动脑子敷衍搪塞推脱责任!于是眉头一皱,计上心来,斩钉截铁,明确表态:啥都别做,去饭馆!没等说完,便见她连连摆手,不行不行,馊主意,乱哄哄,油腻腻的,别提多难吃,我才不去。

咱不去小馆子,咱去酒店!

不去不去,才不上当呢,生贵生贵,哪有自己做的可口,吃完就后悔。

倒也是。可说来说去,总不能老是豆腐两碗,两碗豆腐啊。就以往的经验,这种情况下,唯一可能达成的共识便是:"去商场!"是啊,去商场,在峡谷般蜿蜒廻环的货架间漫步徜徉,一则可以从堆积如山琳琅满目的生熟食品的招示中获得灵感，现场解决饭桌上悬而未决的遗留问题；再则，方案既定，相关的原材料也就一并采购回家。正所谓一举多得，何乐不为。唯其如此，每次出去遛罢弯儿，顺便再到附近的商场"巡礼"一过，便渐渐成了我俩相沿成习的一堂必修课。

记得是一个深秋的傍晚，从蓝岛大厦出来，忽然觉得身边没人应声，急忙返回超市，从入口处望去，见她果然还在里头，正对着一个橱柜发呆，几次喊她，都浑然不觉。走近前去，只见荧光灯映照下，她那两眼放电般的炯炯目光，满脸按捺不住的惊喜神情，简直就像一个天真幼稚的小姑娘无意中闯进童话世界，面对满地璀璨的奇珍异宝，一时激动得不知如何是好。那样子，让你忍俊不禁，又莫名其妙。

时钟敲过九下，已是商场下班时间。我正要提醒她，她却回过头来，着急地朝我直招手：哎哟哎哟，快来快来，知道吧，巧克力酱，巧克力酱！接过她递来的瓶子，我爱答不理说，什么东西，让你这样癫狂，巧克力酱，没听说过。显然是因为口气过于冷漠，她生气地一拧头，朝我连珠炮似地挖苦道，你当然没听说过，你听说过什么，你土包子，你哪能见过这么好的东西，你……幸好年轻的女服务员闻声走来，满脸笑意地站在身旁，她这才停止了攻击。我趁机把瓶子往橱柜一放，拉着她的手说，好吧好吧，我没见过，你既然见到了，咱下次一定来买，行吧。不想她又把我的手猛地一甩，仍像个任性的小姑娘，执拗地嚷道，什么下次，现在就买！为什么老干涉我，什么都得听你的？这让我大感意外。一向慢条斯理、柔声细语的她，怎会为这么一句并无大错的话气急败坏呢。服务员见状，向我友好地笑笑，说不要紧的，让阿姨挑吧，挑好后我陪着去结账。真感谢她，几句暖人心窝的话，化解了一场"战争"危机，把我从窘迫中解脱出来。

回家路上，踩着路灯下斑驳的落叶，她挽着我的胳膊，又情不自禁滔滔不绝地讲起了这令她兴奋不已的巧克力酱。

还是1960年前后，那个供应紧张，什么东西都得"写本""凭票"的年代，大姐从香港回来探亲。打开行李箱，郑重其事地从里面摸出一个铁盒罐头样的东西，说这叫巧克力酱，抹面包吃，很甜很香，是专给姥爷的。分给我们的，则是一包式样新颖、做工讲究、干净如新的旧衣服。另有每人一袋虾片，以前吃过，放油锅一炸，立刻魔术般膨化开来，又白又脆，吃起来咸甜可口，也是我们盼了很久的。那时的副食店大多空空如也，很少有面包买，因而那叫做巧克力酱的洋玩艺，也只好屈尊降纤，去与馒头和玉米面窝头配伍了。头一顿，打开瓶盖，每人用小刀挑了牙膏大小的一块，房子里立马腾起说不清是香蕉苹果还是菠萝的气味，送到口里，更有一种淳厚、浓郁、绵长的香甜顿时彻心彻肺，整个人都像要被融化了似的——就是这种令人沉醉的味道，让我在上学的路上反复咀嚼，并激发了我对外面世界种种最初的想象和向往。

接下来，第二顿，刚打开瓶子，母亲就首先声明，我不要，太腻，太甜，我接受不了，你们吃吧。接受不了？这么好的东西接受不了？也真太没口福了吧。第三天，不知怎的，连二姐也不想吃了，说吃一两次还行，吃多了反倒不如就咸菜爽口，你们吃吧。这样，我爸就有点不好意思了，说不成不成，你们都不吃，我一个人吃，这不是多吃多占，让我犯错误嘛。说着，把抹好酱的半个馒头朝我塞来。没等伸手去接，大姐说话了：爸，你就别啰唆了，不就是给您带的吗，早知大家爱吃，多带两瓶不就得了，省得推来让去的。看大姐说话时脸红的样子，我觉得房子里的气氛似乎有点异样。稍一愣神，像明白了点什么。再一琢磨，恍然大悟。啊呀，原来是这样啊。我立刻放下碗筷，强忍眼泪，跑出屋子，连着几天,都为自己贪嘴和蠢笨而懊恼。同时,也像受了某种戏弄般感到委屈伤心。

我插话说,这不能怪你。那本来就是一个物质匮乏的年代,理智缺失的年代,一个让所有人在饥饿煎熬中陷入难堪困顿的年代。

她没有理会我的安慰,继续着她的回忆。

当然,我并不认为大姐在表达她一片至诚孝心时没注意到投鼠忌器是刻意为之,也不会责怪其他人对我的迟钝没能及时点拨。但那烙印在心底的愧悔交织的灼痛感,几十年来却始终那样清晰和鲜明,就像一盘保存完好的光碟,每次播放,逼真的画面和音色都不会稍有减损。

其实,我当时那种"丢份"的表现,也就是忽略了一个不该忘记的约定:保重点。没有重点就没有政策。这是母亲在一次参加完居委会的学习班后,私下里对我们姐妹几个讲的,得到大家一致赞同。在我们这样一个"人口多,底子薄"的家庭里,吃、穿、用,要保障的重点,当然是父亲。为此,对父亲每个月72块钱的工资,母亲除留够买粮买菜买蜂窝煤劈柴等公共开支外,分配给我们的零花钱,是每天三分钱,可以买三颗奶糖。但我们不会这样铺张,大都是先积攒起来,等到必要时才买本小人书，或者和同学一起去看场电影。分配给父亲的，则是每天两毛，包括早点钱在内。我家的早饭，一年四季都是白米粥窝窝头酱菜疙瘩，考虑到父亲工作累，上下班又要蹬自行车，就特地让他顺道到街上去吃，加强点营养。我家胡同口有一家早点铺，有一次，出于好奇，我正在门口朝里探头，却看见父亲手里正举着一份馒头夹烧饼，喊我的名字，让"进来进来"。我一看被发现了，"哎呀不好"，拧头就跑，一路上都在想，千万不要让父亲误会啊，我才不会那么没出息呢。事实上，从小学到中学，我还真的就没进过饭铺，也从不知道那馒头夹烧饼是什么滋味。尽管这样，家里也常常寅吃卯粮，捉襟见肘。我就几次见过，每逢单位发工资的日子，母亲就会早早站到胡同口等父亲回来，否则第二天就有断顿的可能。真不知道那会儿怎会那么穷，那么艰难。

说到这儿，声音里已经透出几许酸涩，眼角也已泪花闪闪。我赶紧把话头扯了回去：还说你的巧克力酱吧。她知道我在逗她，推我一把说，讨厌。但还是下意识似的不知不觉接上了话茬。

是啊，你说这现在的商店里，什么东西买不到？就说这巧克力酱吧，你是没有细看，光花色就有五六样，都是德国原产，有白的，也有黑的，有巧克力榛子的，也有巧克力奶油的，还有巧克力奶油榛子加在一起的，真难为厂家，想得如此周到。价钱又不贵，每瓶只二三十块钱，老百姓也买得起。只是，吃起来还会不会是当年那种口感？

我说，那可说不准。我给她讲了"珍珠翡翠白玉汤"的故事。说此一时也，彼一时也。现在东西是多了，但人们的欲望、要求也高了，从前吃过的一些饮食，有时想起来让人急不可待，吃到口里又觉得不是那回事。否则，也不用我们成天老为"下一顿"发愁。

她觉得"有些道理"，说，就是你们老陕的那句土话：有牙时没锅盔吃，有锅盔吃时又没牙了。这真是无可奈何的事情。但我们不会为此而遗憾，反倒每每想起，深感庆幸——为我们自己，也为这个国家。

我点点头：当然。

2009年10月

原载《都市美文》

家在瓦窑堡

因为母亲的病,春节一放假,便匆匆赶回陕北。

10年前调北京工作,当时最放心不下的是父母的身体。临别时再三叮嘱他们有病一定要及时去医院,千万不要硬扛;我只要有空,会常回来看看的。对我人过中年的这次调动,父亲本来就有一种无可名状的忐忑,听了后边这句话,显然以为只是出于宽慰说说而已。他泪眼迷蒙地婆娑婆娑我的头发,又弯下腰去拍打拍打我的裤腿,说,再不要为我们操心了,好好去干你的工作,远路风尘的,哪能经常回来,吃公家那碗饭不容易,由不得自己。

父亲是我到北京的第3个年头去世的。病危时我正在外地出差,飞机汽车几经辗转,又遇大雪延误,回去后竟未能见上他生前最后一面。那份追悔不已的疼痛,真是椎心泣血的感觉。

这次从北京出发,已是阴历腊月二十八,正赶上铁路第5次大提速,晚8点半乘新开通的Z19次特快,次日凌晨便到西安,下车休整半日,下午8点,又登上刚刚贯通陕南陕北的安康至神木的火车,一夜安睡,醒来已是瓦窑堡车站。

老伴不无惊喜地感叹:你说快不快?说话中就回来了,真是方便。

儿子瞭了我们一眼,见我们一脸兴奋,摇头晃脑说:少小离家老大回啊。

我故作不屑地挖苦:去,别酸不啦叽的!要说,该是青春做伴好还乡。

而细较起来,要准确表达此时的心境,还是杜甫老先生"即从巴峡穿巫峡,便下襄阳向洛阳"更为贴切。

是的,这一天两夜的行程,我们一家人东拉西扯,说说笑笑,毫无旅途的焦愁和疲惫,倒是真切地体味了一把"其乐也融融"的天伦温暖。

有弟弟引导，很快便到母亲居住的新家。我家原有三孔砖窑，前些年旧城改造时拆掉了，现在的三层板楼是城建局统一规划，公家和住户共同集资兴建的。楼房临街，高门亮窗，一字排开，足有半里路长。一层为出租的门脸儿，二、三层住人。从二楼的窗子望出去，街上车水马龙，人头攒动，卖灯笼年画的，卖青菜熟食的，呼朋引类，吆五喝六，加上高分贝回旋的音响，一派喧嚣。那景象，直如一帧活化了的《清明上河图》，若不是有亲人在旁，真会让人产生今夕何夕、此身何身的迷惑。

母亲是髂骨粉碎性骨折，经3个多月的医治，正在康复中，只是还不能下地行动。见我们回来，特别是看到日夜念叨的孙子，自是乐得合不住口。拉过话，吃过饭，午觉起来，她再三催弟弟领我们到街上去转转，说可热闹啦，可时新啦，你看看就知道。见我推诿，弟弟嘿嘿一笑，说，你以为就你们北京好，瓦窑堡现在也"红洋"了，不比从前。

瓦窑堡，这个在《毛泽东选集》和中共党史教材中反复提到，又在丁玲等著名作家笔下多次出现过的地方，其实只是陕北高原连绵群山无数皱褶中一个小县城。我上小学、中学时，全城也就万把人口。狭长的街道全用青石板砌就，也不知经过几朝几代的蹭磨，路面像涂了一层厚厚的腊油,白天晚上,总也折射着钢锭般乌青乌青的光亮。街道的两边是一眼望不到头的铺面,但除过百货公司、供销社、生产资料公司、医药公司等几家国营门市和骡马大店、大众食堂外,多数已改作民居。城中心的中山门前,另有几家卖凉粉、煎饼、碗饦和油茶、枣糕的,据说"文革"中都以无正当职业为由迁返农村了。总之,除非是到了"六月六,新麦子馍馍熬羊肉"的农闲季节,或是八月十五、春节等几个大的节庆,平常的日子,这古旧的县城就像上了年岁的老人,在岁月的风尘里满脸沧桑,显得格外落寞、冷清。

街道就在楼下。由于行人拥挤,从西头到东头,又绕到县河对岸新建的"农民街"和农贸市场,整整转了两个钟头。经过的商号店铺,至少要有四五百家。弟弟说,这大多是由进城的农民经营的。也有从江浙一带和内蒙古、山西来的,全城流动人口有4万多,加上有常住户口的,近7万,听说过两年就要申报县级市。

令人惊叹和赞赏不已的,是那些店铺新颖气派的名号和美观醒目的招牌。我留意了一下,我家对面的几户,就依次是:中山摄影工作室,丰采日化城,安徽黄山名茶,国威电器,中山移动通讯,家庭用品批发城,金龙超市,陕西金源房地产开发有限公司,等等。端详着这些五颜六色、目不暇接的牌匾，我一时恍如置身疾驰而过的岁月激流和蓬勃涌来的时代风云，心潮澎湃，激动不已。及至回过神来，眼角竟有些潮湿。

入夜便是除夕。家家户户的"火塔"一片通红，鞭炮声震耳欲聋。街上的彩灯和高处的灯笼交相辉映，亮如白昼。吃过年夜饭，又陪老太太打几圈麻将，大家都渐有倦意，陆续睡去。而我和弟弟谈兴尚浓，便到隔壁房间里继续拉话。

谈起光景，弟弟说，还可以。杂七杂八加起来每月总有6千来块钱的进项。

我说，那你收入比我高。

这我承认，生活是不成问题，不能亏共产党。弟弟说，但你不想想，我们受的什么苦（受苦，即劳动），你们受的什么苦？

弟弟在延长油矿下属的子长油田工作，开油罐车。他说，油田去年计划产油23万吨，经过苦打硬拼，年底一举突破25万吨。整个油矿的原油产量，去年达到230万吨。你算算，这230万吨原油销售收入就是50多个亿，税利相加，也有20多亿。这几年延安地区财政收入能到30多亿，我们有多大贡献。

弟弟是以能说会道、精明过人出了名的。他讲的这一排数字，又让我大感惊异。我在延安工作20年，1988年调离时，全区原油产量也就70多万吨，财政收入地方本级不到3亿。10多年时间，能有这样大的跨越，确是我始料未及的。这中间，"决定的因素"，难道仅仅是人为的努力，即弟弟所说的"受苦"么？

这一夜，我久久无法入睡。躺在床上，脑海里总是不断回旋着那句流行的歌词："只要你过得比我好。"

看着身旁酣然沉睡的弟弟，我打心眼里虔诚地向他祝福：

真的，弟弟，我真希望你过得比我好；也希望家乡父老都像你一样，过得比我好！

大年初一，我是被一阵激越的唢呐吹奏声从睡梦中震醒的。按家乡的习俗，今天是不该出门的，只有过了初二，四邻八乡的人们才会络绎进城，走亲戚，闹秧歌，今年这是怎么了，这么早就上街？

正寻思间，听见老伴在隔壁房间呐喊：快起床吧，热闹极了，新鲜极了，亏你能睡得着！

走过去一看，一家人正围坐在窗前，对着街上的景致，指指划划，评头论足。

原来，这是一幕幕连续不断的"婚礼进行曲"。一家的迎送队伍刚过去，另一家接踵而来。队伍的前头，照例是乐队，除传统的"响器"外，还增加了电子吉他、萨克斯管等"西洋家伙"，曲牌有古老的《将军令》《大摆队》，也有时兴的《达坂城的姑娘》《我爱你中国》等。见围观的人多，各家乐队都在暗中较劲，吹奏十分卖力，悠扬的曲调，欢快的节奏，出神入化，嘹亮和谐，在我看来水平绝不比电视舞台上所看到的差。新娘大多披戴长裙曳地的婚纱，也有着丝绸唐装的。新郎则一律西装革履，一个个潇洒英俊，神采飞扬。队伍的后边，是用气球和红绸装扮过的车队，小轿车数量不等，座位大多空着，工具车上则满载冰箱、彩电、立柜、摩托、被褥等生活用品，在在显示着各家的实力和对婚事的重视。队伍行进中，不断有人向空中抛洒彩色纸屑，五颜六色的花雨在和煦的阳光中纷纷扬扬，飘飘而下，极力渲染着婚礼的祥和、喜庆。

弟弟说，今天日子好，城里办喜事的有20来家。年前家电脱销，现在又把婚庆公司忙坏了。忙是忙，也大捞一把，赚美了。

母亲耳背。按儿子的说法，她只管神情专注地"检阅"着街上的人流。在偶尔回头呼应大家的欢声笑语的刹那间，我发现，她的笑容竟是那样灿烂、生动，几个月来难熬的病痛折磨、几十年艰辛的家务操劳写在她脸上的愁云不见一丝踪影,定格下来的,只是这迷人的、极富感染力的笑意。

最欣赏母亲的,当然是儿子。他在奶奶身边长大,上小学时才跟我们到延安,对老人家格外崇拜,亲昵。这时见他一手搂着奶奶的肩膀,一手指着窗外,大声哄逗:老太太,好不好?

母亲先是茫然,随即会意。连说好,好。

文明不文明?

文明。说这两个字时,多少显得生涩。

大家便使劲哄笑。

儿子又问:满意不满意?

满意。迟疑了一下,又说,也不甚满意。

众人一怔。

太铺排了,太能艳(招摇)了。有钱,也不能这么糟蹋。母亲说,你看现在的年轻人,是疯了还是魔了,好好的头发,硬要染得花里胡哨,见天儿成伙结队的,不是打架,就是赌博,也没人管管。

见要扯开话头,弟弟"果断制止":行了行了,您尽报忧不报喜,老脑筋不改!

什么喜哩忧哩?母亲显然要争辩:从前的社会……

儿子显然以奶奶高水平的发言深为自豪,一边向大

家挤眉弄眼,却反过来加入"大批判":

老太太,二爸说得对,要与时俱进哩,记住老邓的话:发展是硬道理。

又是一轮哄然大笑。

这个春节,全家人就是在这种欢快舒心的气氛中度过的。临走时,弟弟特地叮咛,以后不要再往家里捎东西了,现在什么买不到,北京有的,瓦窑堡应有尽有。而母亲只是一句话:

抽空儿就回来,北京有什么好盛(呆)的!

2004 年 7 月 30 日

原载《光明日报》《都市美文》

在时空隧道里，我思绪纷然

无论坎坷还是顺畅，晦暗还是辉煌，人生中总有若干难忘的"第一次"。

第一次乘坐汽车，是1960年，初中毕业的时候。

当时县上还没有运输公司，只有一个很小的车站，能停四五辆大车。候车室不到一间教室大，两把七扭八歪的长条椅象征性地摆在边上，是唯一的服务设施。一辆地区到县上每天一个往返的客车，也破烂不堪，搁现在，早送回收站了。票很难买，连续两个早上排队，到窗口都赶上"票已售完"。而地委宣传部召集的创作会议马上要开会，对一个业余作者来说，误掉这样的机会该是多大打击。

实在没办法，父亲说，找找你南大叔吧。

南大叔是我家的隔壁邻居，在车站食堂做饭，人很和善，见我一头汗水满脸沮丧的着急样子，悄声说，外面等等吧，还有一辆拉煤车没来，待会儿咱试试。

在墙根蹲到九点多钟，果然有一辆解放牌卡车灰头土脸驶进院子，车上装满煤。听见喇叭响，南大叔早将一桶洗车的水提了出来，又连忙用毛巾甩打司机的衣服，满面笑容，不停絮叨。这一切，自然在我的热切注视中。想不到的是，那司机也就20来岁的，竟对南大叔的热情不理不睬，他伸开双臂，等掸毕灰尘，径自一言不发踏上月台，走进窑洞。

我立时满脸通红。内心的失望和对南师傅的内疚令我陷入从未有过的难堪。而热心帮忙的南师傅对此倒全无所谓，他在揭起门帘招呼司机用饭的当间回过头来，指指水桶，朝我使个眼色；我稍一愣怔，继而茅塞顿开，立即抄起抹布，满怀热望行动起来。

也难怪啊，在那个物质匮乏的年代，驾驶员、售票员、粮站开票员、商店售货员都是多少人艳羡而求之不得的职位。而驾驶员又比其他各大员等而上之。不仅因为是技术活儿，收入高，还因为路广腿长，不少人都得求上门，捎脚带货，图点方便。就是县委书记县长去地区开会，也得由办公室事先给车站打招呼，让预留个靠前的座位。故而就有"方向盘一转，给上县长不换"的说法。在民间，更有许多相关的段子流传。

因山大沟深，地域偏僻，多数乡镇不通公路，没有班车。区县之间的客车，出发时早已超载，沿途一般不会停留。因此，乡下人出远门，都得到公路沿线等待过路的货运卡车捎脚。卡车司机辛苦，大都是年轻人开。因为年轻，那些神气十足、行为孟浪的小伙子，见到路边招手的后生、老汉，往往加大油门，按响喇叭，狂啸而过；而如果是辫梢长、模样俊的女子，则会停下车来，让进驾驶室，说是"男女搭配，不打瞌睡"。这自然引起乡下人的怨怼。

据说有辆卡车半路上抛锚，附近村子的人跑来围观。司机修好车，发动机都响了，有一位老汉仍站在前头，把两个车灯摸来摸去，左看看右看看，反复端详着。司机急了，喝道，让开，不就车灯嘛，看什么看！听见吼喊，老汉仍是不慌不忙，笑眯眯地抬起头来，慢条斯理地感叹说，啥呀，别看这东西笨头笨脑，不会说话，眼睛却明骨碌碌，灵醒得很，都能认得出老、少，识得出公、母来！诙谐的调侃，引爆乡亲的哄笑，让这位也许无辜的司机狼狈不堪。

还有更挖苦的。说有一位叫"八成"的小伙子，家在农地，一次开车经过自家村子，父亲正好在硷畔下等车。老人见驾驶室已经坐一个女孩，便不容分说蹬着车轮爬上车厢。不想这八成与女孩一路说笑，兴致正高，车便开得飞快，早忘了车上还有一个人。山路崎岖，坑坑洼洼，颠来倒去，老人如何受得了，便用拳头使劲捶打车盖。八成问，爸，咋啦？老人赌气说，你他娘还能不能开得再快？八成想都没想，说声能，没问题！便猛踩油门，汽车像发怒的公牛，朝前狂奔而去……这故事很像是编造，但据说都是司机们在酒桌上相互打趣抖搂出来的，想来没有轻辱的成分。

那天搭车，到10点多钟司机才从窑洞出来。他打个饱嗝，伸伸懒腰，见车已收拾得干干净净，便朝我瞟一眼，又下巴朝上一歪，南大叔便心领神会，赶紧把我揪扶上车。一路尘土端冒，煤灰飞扬，95公里石子路，这儿沉降，那边塌方，整整走了4个钟头。下车后看着司机熊猫似的黑眼圈，我知道自己也早已变成了"出土文物"。但几十年来，对那位有点牛气的司机，始终怀有感念之心。

1967年我大学毕业回到延安,在地委办公室工作。当时正值"文化大革命",世界各国的政党要人包括国家元首凡到中国来的,都要安排到延安参观访问,"学习毛泽东思想,考察中国革命成功的经验"。延安的接待任务很重。但接待车辆很少很旧,最好的也就是几部伏尔加。

我们的地委副书记土金,做过钓鱼台国宾馆的主任,人脉广,神通大,不知通过什么渠道,从北京要来两辆红旗牌轿车。消息宣布,地委领导和工作人员大为振奋。当我们在宾馆院子里看到那两辆明光锃亮、稳重大方的车子时,内心的自豪感真是无以言说。须知那只是我们在报刊报道中知道、新闻纪录片中看到、只有中央领导才偶一使用的国产"争气车"啊。延安政治地位毕竟不同!

据我所知,那几年,先后就有柬埔寨国家元首西哈努克和首相宾努、越共中央总书记黎笋和国家总理范文同、挪威共产党中央书记克纽生、莫桑比克解放阵线主席萨莫拉、菲律宾马科斯总统夫人伊梅尔达等都乘坐过那两辆车。

难忘的是1973年6月9日越南领导人的来访。访问由周恩来、耿飚、韩念龙等亲自陪同。由于疾病和"文革"折腾，周总理已显得相当苍老，面容清瘦，老年斑很重，两道浓眉更加突出，但故地重游，情绪格外兴奋。他10点钟下飞机，14点40分便开始陪客人参观凤凰山、杨家岭、枣园旧址和纪念馆，其间还抽空会见了老邻居、老劳模高有同、杨步浩，晚上又出席在延安大礼堂举行的欢迎演出，劳累程度可想而知，但一路上总是谈笑风生，兴致盎然，对延安人民的感戴之情不时溢于言表。

也不全是。在枣园旧址参观时，总理看到毛泽东等领导人的旧居保护很好，有醒目的红色标牌，唯刘少奇住过的地方没任何标志，窑洞破败，墙壁脱落。站在荒草丛生的院子里，总理神色顿时凝重起来，半天没说话。下午在纪念馆，他对有关领导讲：你们纪念馆陈列的只有毛主席、朱老总、任弼时和我，这只是中央领导人的一部分嘛，还有许多当时的领导人，如刘少奇、邓小平及许多老帅都没有。纪念馆是历史的记载，要符合客观历史。上午我到枣园，刘少奇的窑洞为什么不挂牌子？现在是现在，过去是过去，共产党人要尊重历史，不能连历史都不要了嘛！

那天午饭后，总理利用午休时间，让工作人员找了一辆吉普，轻车简从开上宝塔山。地方领导闻讯，立刻赶去，见他正站在宝塔前，双手抱臂，一字一句地在朗读标语牌上毛主席的"复电"。当念到"希望延安和陕甘宁边区的人民继续保持和发扬艰苦奋斗的作风，迅速恢复战争创伤，发展经济建设和文化建设"时，他自言自语：延安解放20多年了，战争创伤恢复了，经济文化还很落后，街上还有要饭的，我这个总理没当好啊，愧对老区人民。说着，掏出手帕揩去脸上的泪水，引来周围一片唏嘘。

两年后，他以羸弱的抱病之躯在四次全国人代会上宣告：我们不仅要在1980年以前建成一个独立的比较完整的工业体系，而且要在本世纪内，全面实现农业、工业、国防和科学技术的现代化，使我国国民经济走在世界前列！

"没有哪一次巨大的历史灾难不是以历史的进步为补偿的"（恩格斯语）。总理如泉下有知，听到延安新时期以来翻天覆地的巨大变化，一定会扬起头来，露出他那惯常的、独具魅力的笑容。

有人说过，世界上最长寿的鸟类是鹰，而鹰在成长过程中必须经历一次蜕变，换掉身上老化的喙、爪和羽翼，才能重新焕发生命活力。

2012年6月,当我走进长春第一汽车制造厂的时候,这个以蓝天雄鹰为标识,以"解放""红旗"开创中国汽车工业新历史的企业,已经和我们的国家一道,摆脱"左"的羁绊和僵化体制的困扰,在汹涌澎湃的时代大潮中搏击磨砺,脱胎换骨,成长为一个阵容强大、实力雄厚的现代化型企业集团,呈现完全崭新的风貌。

然而,一汽人并不讳言创业初期的艰辛与窘迫,不忘记困难时期伸出过援手的朋友。他们告诉我,这个经毛泽东、周恩来在莫斯科极力争取,1953年奠基时毛主席亲自题写厂名的"一五"重点项目,建设初期一无经验,二无资金,三无技术,全套工厂设计和产品设计图纸,绝大部分生产设备和工艺装备,都由苏联提供。"老大哥"还派出专家,手把手指导建厂施工和生产准备,并为工厂培训了第一代技术骨干和管理人才。3年后,终于造出新中国第一辆解放牌卡车。又两年,推出第一辆东风牌小轿车和第一辆红旗牌高级轿车。在那个百废待兴、筚路蓝缕的年代,一汽带给国人的惊喜,真不亚于几天前神舟九号的升空对接;欢呼雀跃之情,记忆犹新。

作为共和国新型工业的长子,一汽以强烈的使命感和清醒的责任意识,锐意精进,开拓创新,现在已跻身世界500强公司。产品从单一的中小型卡车发展为重型、中型、轻型、微型卡车、可乘轿车并举，拥有解放、红旗、奔腾、夏利、威志等自主品牌和大众、奥迪、丰田、马自达等合资合作品牌。产能由当初设计的年产3万辆突破到百万辆，除供应国内市场外，还出口70多个国家和地区。通过转型重组，兴建了华北、西南两大生产基地，形成立足东北、辐射全国、面向世界的开放式发展格局。

这一切出乎想象。孤陋如我，倘不是亲眼目睹，不会想到一个与时俱进华丽转身的老企业，会在改革开放的春风里呈现如此灿烂动人的风姿；而有限的思考力也许还会长期幽闭在过往的经验和晦暗的记忆中。

陪同我们采访的李鹏程，是总经理办公室的公关经理，一位稳重干练的年轻人。

他在座谈时讲，一汽-大众能有今天的成就，固然是因为具有世界领先的整车制造工艺和最先进、最环保的动力总成技术，但根本上说，是得益于先进的文化理念。先进文化是企业长盛不衰的灵魂和精神支撑。20年来，正是坚持不懈的企业文化建设，培育和凝聚了一支高素质的职工队伍，形成了"争第一、创新业、担责任"的核心价值理念和"建设中国最优秀的汽车合资企业、员工眼中最具吸引力的公司"的共同愿景，企业发展、竞争才有了不竭的动力和强大的基石。

令我们惊异的是，这位谈吐优雅，态度谦和，对公司的情况烂熟于心、如数家珍的高级职员，年纪只有31岁，按文学界的说法，属于"80后"。这与他的成熟，他的笃实，他的举重若轻，似乎不大相称。

李鹏程说，像他这个年龄的人，公司多得是。3万多名员工中，百分之九十都在30岁以下，都有大学以上学历。有的车间主任二十五六岁，领导三四千名员工。在公司，只要想干事，能干事，都会脱颖而出，有施展才干的平台，不会被埋没。

李鹏程2002年从大连外国语学院德语系毕业，应聘到公司。2007年11月，作为赴德研修班成员，他与集团公司的20多名同事去德国，在奥迪公司人力资源系统进行了为期一年的岗位研修，回来后写了《奥迪：一个人力资源雕琢的杰作》《奥迪文化：涌动在血液中的激情》《职业道德：通向罗马的道路有几条》《奥迪精神：传承百年的动力是坚持》等研修报告，结合心得体会，对奥迪公司人力资源的总体结构、发展战略、工作思路及操作方法作了全面介绍和阐发，有的已在媒体发表。

我特意浏览了这些文章。说真的，我真是被这些内容翔实、论说透彻而又文采斐然的文字深深打动了。在文章引言中他写道："到达奥迪公司的时候，奥迪的4万

5千名员工,正挟11年来高速增长的雄风向第12个纪录发起最后的冲击。直觉告诉我,这一切看似偶然的高速增长背后一定有必然的原因……毋庸置疑,让奥迪变得如此强大的是人,让奥迪在竞争激烈的汽车市场中攻城略地、无往不胜的是人。人是创造世界的原动力。一定意义上说,正是奥迪在人力资源方面的努力,成就了今天的辉煌。"接下来,分别以6个专题对公司在人员招聘、培训、发展、晋升、奖惩方面的具体做法进行了生动的、富有说服力、感染力的论证,读来大受启发。

李鹏程原说要陪我们到佛山去的,但突然接到通知,说要筹备公司第六百万辆乘用车下线庆典,须赶回长春。行前,我想请他大致说说日常工作内容,因时间紧,他匆忙点开手机的日程表,显示的是:"6月22日:9时,总门组长例会;10时,一汽-大众内部控制项目第二阶段启动会;12时,海外活动视频和公司形象片审看;14时,中国一汽2012安全生产日活动方案汇报;15时,乘用车试验场奠基仪式方案汇报;16时,车辆安全中心活动总结。"

我问他累吗,回说不累。忙,但充实,痛快。

看着他匆匆而去的身影,联想几天来接触的那些朝气蓬勃生龙活虎的员工们,一个久久萦绕心头的疑问此时好像灵光一闪,找到了完满的答案:一个60年历史的老企业,何以能始终走在时代前列,欣欣向荣,永葆青春?

而随即,脑海里又掠过许多稔熟而又久违的意念:关于国家、社会、时代,过去、现在、未来,事业、理想、人生……

在时空隧道里,我思绪纷然!

2012年7月6日

原载《人民日报》

泰州去来

泰州,一座古老而又青春焕发的城市。这里不仅有春兰制造集团、扬子江药业集团等一批知名的大型企业,同时又是施耐庵、柳敬亭、郑板桥、梅兰芳等文化名人的故里,岳飞、范仲淹以及晏殊、孔尚任、李汝珍、林则徐、齐白石等也曾在这里生活或履任,真可谓地灵人杰,英才辈出。

此次泰州之行,除与大家一起马不停蹄地参观,采访,考察,于欣欣向荣的城乡变革中感受历史进步的强劲律动外,就我个人而言,尚有一个不期而遇的收获，就是有幸邂逅了我国古代著名学者、教育家、思想家胡瑗，即我在后面要说的我的先辈同乡"安定先生"！

胡瑗，字翼之，生于北宋淳化四年（公元993年），世居陕西安定堡，因祖父胡修已在泰州为官，遂举家南迁，然桑梓情挚，自号"安定"。他自幼聪明好学，通晓五经，又曾在泰山等地游历苦读，终成饱学之士。30岁回泰州，在城内经武祠设馆讲学。景祐二年（1035年），由苏州郡守范仲淹延聘，任郡学教授；次年，经范推荐，赴开封为朝廷"更定雅乐"，撰写《景祐乐府奏议》，并应昭为仁宗皇帝讲释《周易》。在20多年的执教生涯中，他先后在泰州8年，湖州13年，开创了在我国教育发展史上影响深远的"苏湖教法"。其精义，在提出教育必须明体达用，经实并重，实行"经义"和"治事"分斋教学。经义主要学习六经；治事又分为治民、讲武、堰水（水利）、历算等科，使学生既能领悟圣人经典义理，又能学到实际运用的本领。在他教出的1700多名学生中，许多都成为朝廷枢要，国之栋梁，像范仲淹、欧阳修等这样的名门望族，都将子弟送其培养。庆历四年(1044年)，朝廷在开封建立太学，曾派专人到湖州学习胡瑗的教学经验，并颁旨以其教法为"太学令"。此后胡瑗曾被征为太子中舍、光禄寺丞、国子监直讲、太子中允、天章阁侍学、管勾太学、太常博士等职,晚年因病赴杭州长子任所休养,不久病殁,享年67岁,赐谥"文昭"。史书上说,他离京时送行的队伍"百里不绝,时以为荣",可能有些夸张,但如果把沿途弟子、故旧的接送算在内,怕并不为过。胡瑗一生著述颇丰,计有《易传》《论语说》《尚书会解》《洪范口义》《武学规矩》等百余卷。基于他的杰出建树和巨大影响,生前身后,备受尊崇,"宋神宗称之为'真先生';范仲淹誉之为'孔门衣钵,苏湖领袖';王安石尊之为'天下豪杰魁';苏轼推之为'章为万世程';文天祥敬之为'一代瞻仰,百世钦崇';司马光颂之为'苏湖之教,造士有术';米芾赞之为'宽厚纯诚,躬行力践'等"(引自《泰州日报》)。直到明世宗嘉靖九年(1530年),朝廷还明令将胡瑗"从祀孔庙",称"先儒胡子"。清乾隆皇帝巡游泰山,在题诗中也以"报来尺素见平安,投涧传称人所难",盛赞他当年在泰山专心致志,十年苦读,接家书见"平安"二字即不展读而投于山涧的发愤精神。其地位之超迈与流芳之深远,于兹可见。

胡瑗讲学泰州的故址就在现在的江苏省属泰州中学实验初中校园内。早在南宋时期,此地便辟为安定书院，是江苏建立最早的书院，较扬州书院早436年。嘉靖十七年（1538年），经监察御史杨瞻倡议，院内建祠专祀安定先生，立《宋胡先生讲学故址碑》和《安定祠碑》。后因兵燹战乱，书院时兴时废。光绪二十九年（1903年），知州侯绍瀛兴办泰州学堂，对书院与祠堂重加修葺，计有房屋85间。解放后，政府于原址兴建泰州中学，或因文脉所系，教育质量一直居于前茅，是国内百所名校之一。国家主席胡锦涛同志即为该校59届高中毕业的校友。

参观泰中，是在四月下旬的一个下午，正莺飞草长、景色宜人的时节。甫一进门，右手便是粉墙环护，自成格局的安定书院。院分两进，遍植青松翠柏，厅堂苍然，皆红柱黛瓦，眺望之际，顿觉有浓浓的书卷气扑面而来。前厅院落正中，是胡先生半身雕像，目朗神清，蔼然君子之风。廊柱上白底黑字楹联为："精忠上仰将军岳，正学前瞻教授胡"，盖书院后山高处，即岳武穆将军祠。廊下左右两壁，一为"宋安定胡先生讲学故址"碑，一为嘉靖乙丑春朱炳如书"谒安定心斋二先生祠"诗刻，历400多年风雨，仍字迹清晰，惟碑石斑驳，记录岁月沧桑。出书院门，马路对过，一棵浓荫蔽日，粗可数人环抱的古银杏傲立苍穹，传为先生手植，已有近千年历史。同行诸君皆纷纷留影纪念，藉申对这位历代共仰的学界先贤的虔敬之情。

我是在对先生名号及行状一无所知的情况下遭遇这位古代哲人的。当主人介绍说，先生为陕西安定堡人氏时，曾一时恍惚游移，不拟置信；稍一思忖，又觉既是"陕西"安定，当不致有大误。惊喜之余，脱口而道："鄙人即安定人也！"旋即脸红，自觉猛浪失态。先生至伟，与尔何干？且未经详考，此"安定"即为彼安定乎？心下便惴惴然若当众丢人现眼一般。所幸回宾馆后，请市文联主席陈社同志找来一份载有胡瑗生平的报纸，当中明白无误说到"安定堡即今陕西子长县"，心中方始释然，渐感踏实。

也不尽然。一路想来，总觉有些匪夷所思。我的老家子长县地处陕北，古属上郡，秦置阳周，后因朝代更迭废县为寨，宋康定元年（1040年）始升安定寨为安定堡，蒙古宪宗二年（1252年）又置为安定县，1935年5月，为纪念西北革命领袖谢子长，经中央西北工委决定，改名为子长县。这个偏处黄土高原大山皱褶里的县份后来之所以出名，只是因为1935年10月红军长征到达陕北不久，毛泽东及其中央机关便进驻县城瓦窑堡，在这里召开了对开创革命新局面具有关键意义的"瓦窑堡会议",确定了建立抗日民族统一战线的政治路线。随后又策动了声势浩大的红军"东征",极大地鼓舞了全国人民抗日救国的信心。据新版《鲁迅全集》收录的文稿,当时远在上海的鲁迅、茅盾等人闻讯后,曾驰电致贺,称之为"是中华民族解放史上最光荣的一页!"瓦窑堡由此被时称"红都",殊不虚妄。但宋代以降,这里一直为中原王朝与西夏等少数民族政权长期对垒拉锯的边关地带,战事纷繁,地瘠民贫,想来是无法使经济和社会事业稳定发展的。到明清时期,由于战乱和灾荒,社会进一步凋敝,安定曾出现过"城野无一人"的惨况。清光绪年间,有朝廷命官王培芬到与安定毗连地区巡察,曾以如下《七笔勾》的奏章描述亲历所见:"万里遨游,百日山河无尽头,山秃穷而陡,水恶虎狼吼,狂风阵起哪辨昏与昼,因此上把万紫千红一笔勾;窑洞茅屋,省去砖木措上土,夏日晒难透,阴雨更肯漏,土块砌墙头,油灯壁上流,掩藏臭气马屎与牛溲,因此上把雕梁画栋一笔勾;没面皮袭,四季常穿不肯丢,沙葛不需求,褐衫耐久留,裤腿宽而厚,破烂亦将就,毡片遮体被褥全没有,因此上把绫罗绸缎一笔勾……"这位尚具才情却又轻狂迂腐的大员勾来勾去,竟然建议皇上把这块地方从大清版图上一笔抹去,干脆割让外夷。事情固属荒唐,但当时安定一带荒凉衰败之状,确乎可以从这《七笔勾》中窥想得来。

真是且喜且愧!所喜者,一向以贫困落后见诸官方文书和舆论媒体,至今仍属"国家级"贫困县份的子长故里,历史上竟然出现过如此声名显赫的理学先驱、孔门大儒,不啻是从"鸡窝里飞出的金凤凰",光耀古今,桑梓生辉,作为后辈同乡,虽隔千载,仍觉"与有荣焉",光彩、提气。子长素有"土风刚劲,习尚淳庞,重气节,敦齿让"的嘉誉。革命战争年代,七千健儿奋勇参军,史册上有名有姓的烈士即达1149名;开国后,被授予少将至上将军衔的就有阎红彦、贺晋年等10位高级将领,人称"将军县"。但从古至今,有重大影响和历史地位的文人学士,屈指算来,寥若晨星;而今有了这位安定先生光辉门楣,吾辈于公众面前可不汗颜矣。所惭愧者,对这样一位在全国学界特别是江浙一带提其名号便如雷贯耳的人物,此前不仅是我自己毫无了解,即使是子长全县、延安全区乃至陕西全省范围内,知道的人怕也少之又少。我在陕西生活和工作50多年,其中在延安近30年,就从未听人说起、也没有从媒体上见到他的大名。孤陋寡闻,惶恐无任。

数典忘祖，乡人不肖，真是冷落您老人家太久了，安定先生！

这结论也许失之轻率武断，不过是囿于见闻，推己及人吧。为慎重计，回京后赶紧遍翻书橱，搜求资料。经查，清道光二十六年的手抄《安定县志》和1993年出版的《子长县志》，均无有关胡瑗的记载。清嘉庆七年刊刻的《延安府志》人物卷亦付阙如。但该志第76卷（艺文卷）的"杂记"部分录有一篇《复二贤祠记》，为宜川县尹贾明孝（生卒不详）撰写，笔触犀利，文辞生动，所记内容倒果然与胡先生有关。文章写道，宜川县城南原有"二贤祠"，奉祀的是宋代大儒张横渠（张载）和胡安定（胡瑗），"后奸民改绘儒释道三圣像于中堂，而移二贤于大门之内，其隘不能容膝，日久以为固然。孝来尹是邦，遂令民奉三圣像于别所，而复二贤故位，且效文届制，更为木主"。作为孔门弟子，这位贾县尹算得上是一位见识过人、敢作敢为的主儿，但在这样一个风习愚昧的边陲小县里，他的这一惊世骇俗的举动，无异于是捅了一个马蜂窝，"一时僚属、士民纷有异议，以为轻三圣而重二贤"。面对昧于无知的种种责难，这位"拗县官"坦然置之，毫不退缩，同时又耐心说服官绅民众，使大家认识三教之异同及

"二贤不可不复"的道理。他在文章中写道，儒释道三教各有所宗，本来就不是一回事儿；现在你们把它们的祖师爷摆在一起供奉，不伦不类，纯属胡闹。特别是绘像中让外来的释迦牟尼居中，而让老子和孔子分列左右，叨陪末座，更是荒诞不经，刻意在圣人之间制造矛盾；倘圣人有知，没准会因此而棍棒相向，动起武来。在三教之中，贾县尹是主张尊孔读经的。他旗帜鲜明，认为释老之学虽有可取，但毕竟"穷而偏，终不若吾道之大而通也"。据此进而指出，张、胡二贤，一位是"继往圣而开来学"的关学大儒，一位是博古通今的杰出师表，"皆仲尼之徒"，又"大有功德于宜"，则宜川人民崇礼他们，难道不正是顺理成章，天经地义的事情吗？更何况，二贤祠如果过去没有倒还罢了，已有而废之，无论如何也是说不过去的。故"不佞是举也，可以仰质圣贤，府对苍赤也"。从容不迫，充分论证。机锋凌厉，义正辞严。在因循成风的封建官场中，能有这样一位有胆有识、敢作敢为的县太爷，又能写出这样一篇标新立异、情理交融的妙文来，亦属难得。

　　贾县尹文章中说到张、胡二贤"有大功德于宜"，并非妄测臆说，亦非大话蒙人，是有史实根据的。经查，宋康定元年（1040年），因西北局势紧张，觊觎中原的西夏王朝屡有来犯，宋仁宗派迁范仲淹以陕西经略安抚招讨副使兼知延州，负责这一地带军事防务。范莅职后，整肃军务，关心民瘼，深得百姓拥戴。他的那阕描写"塞下秋来风景异"的千古名篇《渔家傲》，就写于这一时期。也就是在到任的当年，经他推荐，48岁的胡瑗到黄河边上的丹州（即宜川县）担任了军事推官，在参与幕府军事策划的同时，撰写了《武学规矩》，倡议国家力兴武学以抵御外敌。而此时年纪不到20岁，曾以《边议九条》上书范仲淹的张载（横渠），也专门赴延安拜会范，倾谈之余，范赠送张载《中庸》一部，并告以其一个人真正的才能不在军事，而是钻研学术，劝他在这方面多下功夫。张载后来能成为影响中国学术思想八百余年的"关学"宗师，想是与范的这次指点和激励分不开的。至于张、胡二位在宜川的德政，贾县尹在文章只点到胡在任期间，在当地"教授苏湖学法，随其人贤愚训之，而见者知为安定弟子"的造士作人功绩；而张载，则是"其令云岩（宜川旧称）也，以敦本善俗为先，会乡耆，劝养老，询民间疾苦，百世而下犹可想见其平易近民之风"。张载缘何到得延州，又何时作云岩令，因资料所限，未及详考，须查对年谱方能确证。但无论如何,胡瑗先生不只世居安定,且他本人曾到过延州,对家乡的社会事业作过直接贡献,是确定无疑的!

胡瑗生前著述虽多,但大多散佚,诗词作品传世更少。查安徽《宁国府志》载有《石壁》诗一首,风流高格,不让李杜。因虞其日久湮没,兹照录于右:

"李白好溪山,浩荡旌川游。题诗汪氏壁,声动桃花洲。英辞逸无继,尔来三百秋。汪公亦蕃衍,宗支冠南州。其间新建居,林泉最清幽。竹声满道院,山光入书楼。仙气既飘飘,儒风亦悠悠。子孙多俊异,词行咸精修。我来至石壁,赏之不能休。酣味碧溪水,苦钦黄金瓯。因美汪君居,复思汪君投。遇景清兴发,浩与天云浮。斐章异绣段,洒翰非银钩。庶与谪仙诗,千古同风流。"

诗前尚有一小序,亦堪称精粹美文。

序云:"余尝览李翰林题《泾川汪伦别业》二章,其词俊逸,欲属和之。今十月,自新安历旌德,而仙尉曾公望同游石壁,盖胜境也。奇峰对耸,清溪中流,路出半峰,佳秀可爱。传闻新建汪公,所居不远,掩映溪岫,率类于此。且欲寻访,迫暮不获。因思旌川即泾川接境也,而幽胜过之;汪公亦伦之别派也,而儒雅胜之。岂可使讽咏不及于古乎?辄成一首,题于汪公屋壁,虽不及藻饰佳境,比肩英流,庶俾谪仙之诗,不独专美。"

其欣然自信之状,謦欬可闻;赏读之际,人心悦诚服。

这次到泰州,也包括到扬州、南通等地采风,大家的一个共同感受,就是作为经济发达地区,当地干部群众的文化意识也普遍较强。他们在保护和开发历史文化遗产,激扬正气,教化民众,兼及招商引资,吸引旅游等方面,真是目光远大,谋划得当,做好做足了文章。风光秀美的山水园林,独具特色的古典建筑,有纪念价值的人文景点,大多善加珍存,或精心修葺,不似有的地方,在一片抢救、保护声中,眼睁睁看着这类先人们留下的珍贵财富被开发商们毁之殆尽,令有识之士呼天抢地,痛心疾首。从深层考究,这种优良的人文传统,也正是发达地区之所以发达,并能生生不息、长盛不衰的原因之一,是值得认真思索效法的。

时下,党和政府力倡科学的发展,各地经济、政治、文化与和谐社会建设齐抓共管的自觉性日渐增强。由此我想到，这位名字如黄钟大吕般在历史上响彻千年的胡瑗先生，在他的故里却阒无声息，总归于事未妥，于心不安；放着这样一份在别人看来求之不得的珍贵资源罔顾不用，也实在让人心疼和叹息。故倘能由政府出面擘画运作，并求得泰、湖等地有关方面的配合支持，于适当时机在子长建立一处关于胡瑗先生的纪念设施，则无论是对褒扬先贤，激励后昆，提升地方人文品格，促进社会文明进步，都应算得上一件功德无量的善政。我在延安工作多年，又曾忝为一地之长，囿于学识水平而于此了无作为，是所愧悔交集者；泰州归来，尤感忐忑。于今垂垂老矣，又致仕赋闲，只能寄望于来者。故不惮其烦，就此行的见闻和感想敷衍成这样一篇文字，以抒衷曲，并冀"有司"察纳。

呜呼，乡关北望，云山悠悠。嘤其鸣矣，以求其友。鸿鹄归来兮，殷殷翘首！

2006 年 5 月

原载《延河》2006 年第 7 期

唱吧,二妮

中午,正准备开饭,接到延安的电话:

打开电视!中央三套。

咋啦?

快打吧,打开就知道了。

噢,是二妮,王二妮。

宽敞的演播大厅,"王二妮民歌演唱音乐会"看似进入高潮,观众席欢呼迭起,气氛兴奋热烈。

舞台上的二妮,漂亮多了。一对坦荡的大眼睛,经过化妆,睫毛显得长了,顾盼之际平添了几分妩媚。那条粗壮的大辫子从右肩绾过来，随随便便搭在胸前，散披的刘海漫不经意地垂到额头。加上一身绿底红花的短袖裤褂，这丫头一下子变得更俊俏，更大方，更显成熟了。

自然，那微微上翘略显调皮的鼻头，那轻轻咧开憨态可掬的嘴巴，那脸上总不消失的天真笑意不会改变。朴实的乡音、清晰的口齿以及与主持人机敏得体的应答也一如从前。而纯朴自然的演唱则明显比以往老练得多也自信得多。《赶牲灵》《走西口》《绣荷包》《东方红》《翻身道情》……十几个曲子唱下来，没一处闪失，每一曲都引爆全场轰动。歌是老的，清亮甜润的嗓音和娴熟自如的发挥，张弛有度的节奏把握和充沛丰饶的情感投入，凸显的则完全是她自己的风格。她和京剧名家孟广禄合演的《白毛女》选段，臃肿的棉袄棉裤，地道的村姑模样，活灵活现地把喜儿漫天风雪中"等待爹爹快回来"的着急、"见到爹爹心欢喜"的亲昵、扎上红头绳的欢欣娇羞表现得细腻入微，惟妙惟肖。在观众如痴如醉的喝彩声中，我看见王昆老师——这位60多年前最早饰演喜儿的著名艺术家，始终专注地盯着舞台上的一招一式，目光满含由衷的赞许和亲切的爱意。

这女子亮格哇哇一副好嗓子，天生唱歌的料！在陕北,常能听到老乡们这样夸奖二妮。我自然是赞同的。但有时一想,又觉得并不尽然。

最早见到二妮,是10多年以前,我刚到北京的时候。一次,几位老乡在亮马河附近的五洲火锅城小聚,酒酣耳热,有人提议应由哪位吼几声信天游,给大家助兴。推来推去,没人应承,有的勉强来几句,不是忘词,就是跑调,终不成欢。一旁的饭店老板李天北于是走过来说,要听咱陕北民歌,有两位安塞来的歌手,蛮专业的,要不给咱请来?众人立即叫好。

20分钟后,歌手如约而至。一位是小伙子,姓李,白羊肚手巾红腰带,伴奏,也能唱。另一位便是二妮,半袖的蓝花粉衫,质地不高,但很合身。这女孩看去也就10来岁,性格活泼,举止得体,她向大家问过好,寒暄了几句乡情,便随着电子琴的伴奏亮开歌喉。一曲如泣如诉的《兰花花》,一曲如怨如慕的《泪蛋蛋抛在沙蒿蒿林》,立刻把大家镇住了,周围的嘈杂戛然而止。人们纷纷离开饭桌围拢过来,偌大的餐厅变成了临时演播厅,四面八方回响的尽是二妮甜美的歌声。

真不知道如何形容那歌声。"响遏行云"太滥,"余音绕梁"过俗,"凤鸣高冈"嫌虚,搜索枯肠,唯"天籁"二字差可近之。陕北是民歌的海洋,一年四季,满山遍野，随时随地能听到"不断头"的信天游，而像这样清脆悠扬、荡气回肠、有巨大穿透力震撼力的演唱，还真不多见。听她的歌，嘹亮处，你会想到塞北大漠平沙莽莽的开阔，高原晴空白云悠悠的辽远；婉转处，你会想到山间溪流跌入涧底的清响，雨中燕子穿飞柳荫的欢快；深沉处，你会想到嘉岭山头千年宝塔的雄浑，清凉寺里万古钟磬的苍凉；轻盈处，你会想到微风摇动树梢的羞怯，月光铺洒大地的温柔。那声音的确是快活的，灵动的，有生命、有色彩、有滋味的。有荞麦花盛开的灿烂，有红高粱熟透的热烈，有土窑洞里天长日久的宁馨，有母亲衣襟上梦中犹在的乳香。有鸡叫狗咬的生动，烟熏火燎的踏实，要死要活的浪漫。有自然的精魂，生活的原色，人性的本真，命运的印痕。

让我惊异的，是这女孩子的胆量。小小年纪，远离父母，闯荡京城，这在我对陕北的乡村记忆中，几乎是不可思议的。且不说离乡远走，在早年谁家女孩子只身一人去县城赶个集，也常让家人不放心，而人稠广众之下抛头露面说说笑笑甚至被认为是有失体面的事情。见我如是絮叨，同座的老乡提醒说：那还是你落后了，不看而今进城的农民有多少？两亿！老板李天北也插话：这娃胆头子大，也能受罪（吃苦），上进。天北是靖边人,离二妮老家不远,他介绍说,别看她山沟沟长大,却从小爱唱爱跳,逢年过节,常随秧歌队走乡串村,后来招到陕北民间艺术团,凭一股顽强的勇气和韧劲,先后夺得十多项地区和省际大奖,很不简单,想来还真让人佩服。

一株迎风绽放的山丹丹!回家路上,脑海里不时闪现这种随处落地生根,生命力极强,其枝疏展,其花艳丽,深受民间喜爱的野生植物的动人风姿。

再看到二妮,是在中央电视台的"星光大道"节目上。那场群雄奋争的角逐,她从周赛、月赛一路冲杀到总决赛,终因强手如林,未能获得预期名次,令不少观众为她惋惜,抱屈。出乎意料的,是这孩子在挫折面前表现出的那份坚强,那份淡定。她向观众和评委感谢说,我带着家乡父老的愿望来到这里,虽然比赛失利,但那么多的专家前辈给了宝贵的指点,那么多人支持我喜欢我的歌,我能给祖辈和乡亲交待了;名次,真的不很重要。言辞恳切,让人感动。主持人说她虽败犹荣,属无冕之王,固然出于安慰,但也确实反映了观众的心声,立即赢得如雷掌声。

再后来,梦想剧场,春节晚会,各种纪念性演出与全国性比赛,通过电视转播,经常看到二妮的身影,作为老乡，自然为她高兴，与人谈起，也颇有几分自豪。

那天的专场音乐会，一直播到下午一点。主持人介绍，最近一年，是王二妮成长道路上很不平凡的时段，她拜歌坛前辈王昆为师，被收为门下弟子；与中国歌剧舞剧院签约，成为专业演员；出版首张民歌专辑；举办首场个人音乐会。四喜临门，好音频传。纯朴如昔的二妮，则以一曲一往情深的《爱陕北》，答谢社会的关爱，抒发自己的心迹：

一方土，一方水，养育了我祖辈。山丹丹，红艳艳，开得是那样美。信天游，唱不完，黄土地情和爱。东方红，红满天，万里春风吹……我用我的歌声唱陕北，唱不完家乡的山和水。宝塔放光辉，腰鼓敲得像春雷，光芒万丈照陕北。啊陕北，我爱陕北！

好一个"我用我的歌声唱陕北"！好一个知情知理的王二妮！"树高千尺忘不了根"。当此满身荣耀赞誉盈耳之时，难得你如此明白，如此清醒，懂得从哪里来，到何处去。听你真心实意的表达，我禁不住想对你说：

唱吧，二妮。父母给了你好嗓子，生活给了你矫健的翅膀，社会给了你大显身手的舞台，天高地阔，前路正长。趁着这风和日丽的大好时光,朝着更高远的目标,锐意精进,振羽奋飞吧。

唱吧,二妮。莫道上山便无难,一山放过一山拦。学无止境,艺途多艰,要紧的是坚定信念,坚守志向,不为名利所累,不为迷津所惑,永怀感恩之心,以你充满泥土味和真实感的演唱,回报养育你的黄土地和挺你爱你的广大观众吧。

唱吧,二妮。牢记家乡父老的嘱托与期待。牢记王昆老师给你的二尺红头绳,一件土布褂。牢记她亲切而真诚的叮咛:不要盲目追求所谓"国际化",不要不土不洋。永远记住,唱民歌,要有自己的特点,要有味道……

唱吧,二妮!

2012年8月28日

原载《人民日报》

第 3 辑 垄上春浓

诗上庄

如果与蓝天久别,与清风久别,与宁馨的炊烟久别,与欢腾的小河久别,那么,去上庄吧。去找回鸡鸣狗吠的黎明,虫吟蛙鼓的傍晚。找回无忧无虑的日子,天真烂漫的童年。

上庄很远,在峰峦逶迤的燕山深处。上庄很美,在诗人田园牧歌般的篇章里。"花半山,草半山,白云半山羊半山,挤得鸟儿飞上天。羊儿肥,草儿鲜,羊吃青草如雨响,轻轻移动一团烟。"不止青草野花,飞鸟流云,上庄最耀眼的,还有满山满谷的红果,随处可见的诗墙。十里上庄,十里红果。十里红果,十里诗墙。诗墙,就在红玛瑙般的红果林里,枝丫虬曲的老梨树下,微云淡抹的崖壁间,溪流轻唱的河岸上……

说不清多少诗墙,多少诗碑。村头,路口,山崖,院墙,满世界诗,十里上庄,浑如一座博大的诗歌宝库,天然的诗歌长廊。漫步其间,你会与荷马、但丁、拜伦、雪莱、歌德、海涅、普希金、莱蒙托夫、聂鲁达、泰戈尔不期而遇,探询艺术的奥秘;也可与屈原、曹操、李白、杜甫、刘禹锡、苏轼、陆游、辛弃疾、李煜、李清照以及众多当代新秀讶然相逢,领教人生的真谛。什么叫巨匠荟萃?什么叫佳构纷呈?全人类最崇高、最绚丽的精神之花,不就在北中国大山深处的村庄里,满山遍野,灿然绽放!

上庄人崇尚人文教化,对诗歌情有独钟。他们懂得"诗歌有一种神奇的力量,它能振奋起人们的精神",懂得"大的快乐来自对美的作品的瞻仰",懂得"诗者,志之所之也","不学诗,无以言"。读诗写诗成为村民相沿成俗的传统。也许你不会相信,就是在这个偏远的山村里,先后走出中国乡土诗歌协会会长,河北青年诗人协会主席,承德作家协会主席等几位有全国影响的诗人,而他们,又都出自同一个家庭。随着新农村建设带来的巨大变化，近些年不少外出闯荡世界的年轻人返回上庄，他们怀着理想的憧憬和创造的激情，一方面组建公司，开办工厂，把山楂、板栗、核桃、五谷杂粮等山货特产源源推向市场，一方面办诗社，出诗刊，组织讲座、论坛、朗诵，评奖等诗歌活动，将生活的诗意与芬芳不断撒向全国。上庄，已成为中国版图上乡土诗歌的重镇，成为独特的引人注目的文化地标。

徜徉在十里上庄，咀英嚼华，口颊生香。如果是夜晚，你会在审美愉悦的回味中一路前行，不经意翻过前面的山梁，闯进一处四外无声的旷野。眼前漆黑，伸手不见五指，身后的林子里也许还会猝不及防地响起一声鸮叫。但你千万不要慌神，不要离开。抬头看看头顶的星空吧，那浩瀚的天宇会立即消除你的恐惧，带给你无比的惊喜和欢欣。那是什么样的星空啊，星星密密麻麻，越看越亮，越看越多。天河浩浩渺渺，闪闪烁烁，里面铺满数不清的珠宝。在熠熠星光的映衬下，那蔚蓝色的天幕也显得更其辽远，更其深邃、空茫……这一切，不正是激发你儿时那些旖旎、神秘的幻想，又在城市的喧嚣与遮蔽中早已丢落的秘境迷宫么。

母亲说，星星干稠干稠，明天可以晒场了。父亲说，又一颗星宿落地了，谁家要走人了。姐姐说，那王母也忒坏,硬是把一家人生生拆散。爷爷说,好好用功吧,命里该有文曲星照看的。坐在雨水冲洗干净又被太阳晒热的石头上,此时你想到的当然不只是这些。你会灵光一闪,猛然记起那些日渐生疏的课文,记起明月别枝惊鹊,清风半夜鸣蝉。记起七八个星天外,两三点雨山前。记起鸡声茅店月,人迹板桥霜。你甚至会记起"头顶的星空,心中的道德律",记起"别走太快,让灵魂跟上来"等这些蕴含哲思睿见的生命体悟。

自然,你更会想到,天上星汉灿烂,村中满目诗篇,这便是上庄。

那么,去吧,去上庄。去重温岁月静好的安逸,日长似年的悠闲。去清理心灵的荒草,释放郁结的乡愁。

2014 年 12 月 31 日

原载《光明日报》

坝上的云

到坝上,像猛然闯进陌生的世界,一切都那么真实,又让人不敢置信。

最引人注目的,是那铺天盖地、惊心动魄的云。大团的,如雪域高原巍峨耸峙的群峰,小些的,则像一垛垛随意堆积的棉绒。大团小团的云,逶迤纠结,撕扯不断,威风八面地布满整个天空,让人心生敬畏。

云是低垂的,似乎伸手便可抓到一把。云又是静止的,半天见不到些许变幻。太阳倒像是游动的。当太阳躲在背后的时候,云会呈现浓淡深浅不同的色泽,而当她一旦露脸,所有的云团便立刻镶上耀眼的金光,像聚焦在一万只强光灯下,轰轰烈烈,辉煌无比。

云层的上面,是湛蓝的天幕。那蓝色,也是辽远的,深邃的,洁净神圣的,伫望之际,总有一种心底空茫,万念俱消,乃至整个人都要被融化的感觉。记不清什么时候见过这样的蓝天,要说,也是儿时躺在家乡的杜梨树下歇响的时候,但那已是半个多世纪以前的事了。

这样的天空是能够让人陶醉的,感动得掉泪的。

天似穹庐,笼盖四野。

蓝天白云下的塞罕坝,位于阴山山脉和大兴安岭余脉交界处,蒙语意为"美丽的高原"。

真不敢相信大自然竟有这样神奇的灵感,把一片辽阔的原野摆布得如此周到,协调,精妙绝伦。

中心的位置自然是浩浩渺渺、波光幽幽的湖水。从环湖小道走过,不时会有打挺的鱼儿跃出水面,挑逗人们的游兴;茂密的水草间,也会有不知名的野鸟猛地从身边腾起,像故意吓你一跳,而后带着一串悦耳的鸣声顽皮地向远处飞去。湖的四周,是巨幅地毯般铺展开来的草甸,草是浅黄色的,上面缀满蒿子梅、金莲花、野百合、风信子等五颜六色的野花,像是给湖水镶了一圈璀璨的璎珞。再远处,便是由低到高、由近及远次第排开的白桦林和油松林,那白桦和油松都像是经过严格挑选的,高矮粗细全都一样,看去如同士气饱满的军阵,齐刷刷布满大小冈峦,煞是雄壮,威严。

时令才过小暑,北京尚是溽热难熬,这里则必须秋衣加身。漫步在木板铺就的小路上,阵阵凉风和野草的清香让人沉湎在久违的爽快中,久久不愿离去。看天色向晚,寒意渐浓,接待的同志催我们抓紧时间,去体验一把策马草原的浪漫,说这是来坝上绝不可放过的项目。我因上了岁数,自不敢轻狂造次,便由马的主人老曲陪同,信马由缰地向山谷下缓缓行去。

谷底是一条小溪,泠泠有声,清澈见底。老曲说这便是滦河的源头,为保证京津用水安全,这一带是绝对不许污染的,连种地都禁止使用化肥农药。小溪对面便是内蒙古地界,山坡上一排青砖红瓦的平房,老曲说那村子叫十二座连营,属克什克腾旗。我问他家在什么地方,老曲左手一指,说就是远处沙柳树下的那几排房子,叫西连营。问光景过得咋样,答说还行吧,你们租的这三匹马都是我的,两个月旅游旺季,少说也能收万把块钱;平常时间,房前屋后种点荞麦莜麦土豆萝卜什么的,基本够一家人吃了;也没有什么负担,两个孩子一个在湖南上大学,一个在县政府上班。农村人要求不高,能自给自足，自由自在，也就满足了。

老曲70多岁，脸膛黑里透红，看去不到50。见我们七嘴八舌连声称羡，他憨厚而不无幽默地表示，生活在这个地方，再不显得年轻些，能对得起身边的青山绿水，白云蓝天吗？

回旅店用罢晚饭，穿过街上热闹的夜市，我们来到镇子的休闲广场，见西头地平线上，一弯金黄色的下弦月沉甸甸地挂在树梢间，距离我们不到三五百米。我正惊诧今晚的月亮何以会有这样大，这样亮，这样近，接待办的朋友笑笑说，其实，"月亮还是那个月亮"，只是这地方的空气异常清新，能见度特别好，所有才产生这种错觉。经他点拨，方始醒悟。

真舍不得这样宁静的夜晚。但天气太冷，明天一早又得出发赶回北京，只好"留一些遗憾"，回去歇息。

第二天，接待办的同志再三提示，说有个林场展览馆，一定得看看，时间完全来得及，不看会后悔的。

这真是一个精彩的伏笔！像一部抽丝剥茧、精心结构的悬疑小说，悬念要到最后才解开。

原来，这些让我们一整天赞叹不已、流连忘返的秀美风光，这被称作河的源头、云的故乡、花的世界、林的海洋、鸟的天堂的塞罕坝，既非老天恩赐，也非祖宗馈赠，而是当代英雄胼手胝足、生死以之的杰作。

这方曾是皇家林苑的风水宝地，历经放围垦种和战乱破坏，全国解放时已变成风沙肆虐的莽莽荒原。为了"给北京阻沙源，给天津涵水源，给国家增资源，给地方拓财源"，1962 年 2 月，来自全国 19 个省市的 127 名大、中专毕业生和 242 名工人到这里安营扎寨，开始了植树造林，重建绿色屏障的征程。共和国版图上，一个新型的国营林场由此诞生。

想想看，那是一种何等艰苦卓绝的征战：平均气温零度以下，最低可达零下 40 度。全年降水量仅 417 毫米，无霜期也只有 42 天。又赶上三年困难时期，物质供应极度匮乏。正是在这种极端恶劣的条件下，年轻的创业者们不避风霜劳苦，吃窝头，住窝棚，饮雪水，抡铁镐，历经一次次失败，又夺得一个个胜利，经过半个世纪的努力，硬是在这片海拔 1500 米以上的荒沙地上，营造出一派葱茏的绿意。现在，塞罕坝人工林和草原面积达到 1658 平方公里。这中间，包含几代林业工作者的汗水和心血，有说不完的感天动地的故事。

当我在展厅照片中逐一瞻礼那些林场最早的创业者，包括第一任党委书记、病危时叮嘱家人把骨灰撒在坝上林海的王尚海，第一任场长刘文仕和副场长、高级工程师张启思,以及十多年如一日、始终坚守在远离人烟的防火瞭望塔上的陈锐军、初景梅夫妇时,我真是被他们崇高的精神品格深深感动了,眼眶止不住噙满泪水。我想到了"高山仰止"这个词,并且斗胆改动范仲淹《严先生祠堂记》中的名句,以为观感的题留:

云山苍苍,江水泱泱。英雄伟业,山高水长。

汽车沿京承高速公路南行,过了古北口,天气又变得灰蒙蒙的,如同从一场美轮美奂的舞台情景中返回现实,感慨丛生。

人应当诗意地栖居在地球上……

东隅已失,桑榆未晚。

2010年8月31日

原载《人民日报》

上清溪记

上清溪,在泰宁东北的丹崖翠峰间,离城20公里。

"山水之胜,冠于诸邑"的泰宁县,现在已命名为世界级的地质公园。上清溪,则是泰宁诸多旅游景点中一个玲珑别致的妙品。

前去漂游的那个下午,赶上难得的好天气。雨,欲下未下;风,吹面不寒,正山明水暗、清爽怡人时候。

从上码头到下码头,全程33华里,乘筏需两个多小时。撑筏师傅小冯介绍,沿途要经过九十九曲,八十八滩,七十七弯，六十六峰，五十五岩，四十四景。其中主要景点又有青龙峡，白龙谷，金沙滩，落霞壁，虎爪岩，镇妖石，九天宫阙，蟠桃献寿等。小冯说，这40多处景致，绝对是峰回路转，步移景换，只要放松下来，静心品味，保准让各位领略到"转一景如闭一户，迎一景如翻一梦"的意趣。

小冯是一位精干快活的小伙子，能说会道，记性极好。原以为他那些亦庄亦谐，半俗半雅的解说不过是导游手册的现成炒卖，担心其中不免有夸张和附会的成分。及至两个多小时的游程下来，方知他对每一景点的评点都十分精致、妥帖，不禁对他的聪颖好学深为赞许。

上清溪的风姿，最动人处当在那溪水的曼妙与清澈。这条自始至终收束在深山狭谷中的溪流，宽不过10米，窄处仅容一筏通过，且流量不大，水势平缓。浓荫遮护中，崖壁迎放间，清冷冷的溪水蜿蜒盘桓，一路走来，娉娉婷婷，袅袅娜娜，宛然仙子手中的彩练，舒展自如，随风而动。而那流水跌向低处的叮咚声，滑过河槽的琤琮声，若银铃轻击，琴弦慢捻，又分明是在演奏着一曲柔婉动听的弹拨乐，于空寂的山谷间断断续续，悠然低回。可以想象，在这样的环境中"漂游"，不会有飞流直下的刺激，惊心动魄的震撼，有的只会是峰回路转的欣喜，俗虑顿消的愉悦,与人们通常所说的"漂流"旨趣迥异。是的,这是一个空灵幽静的世界,一个只可感悟,不可侃谈,只可静享,不可喧逐,只可浅唱低吟,不可狂歌长啸的所在,故莽夫不宜,俗子无缘。说到溪水的清澈,小冯解释,原因就在于它全是由岩隙中沁出的清泉汇集而成,又处在这样一个纤尘不到的幽谷中,因而饮之甘冽,观之晶莹,浅显处,水光粼粼,砂砾可数,哪怕掉进一枚钢针去,也不愁找不回来;水深时,一潭澄碧,清亮可鉴,云影徘徊,峰树倒插,即便是真有琼浆玉液,怕也难比它的温润清纯。

上清溪峡谷总长有50公里,千百年来人迹罕至,两岸原始林木葱茏茂密,奇花异卉常开不断,故又称百里花溪,天然生态公园。我们去时,正是杜鹃花开的季节,坐在缓缓行进的竹筏上,凝神周围的苍苔翠竹,偶一抬头,眼前便会一亮,那绽放的杜鹃花,红的,粉的,紫的,橙黄的,淡蓝的,或成堆成簇,如盛装丽人结队优游,顾盼生辉;或一枝凌空,如天真女孩俯身探望,嫣然巧笑。面对这天然的工笔画图,你会油然想到,这大自然的神奇造化,确是任何杰出的画师都无法企及的,因而不得不为那枝任意点染,无不精妙的无形妙笔而啧啧称赞。更让人惊讶的,是在兰花谷经见的一幕:一列百米长宽的石壁上，附着于薄薄的苔藓，繁星般开满淡紫色的兰花。这花与我们常见的不同，没有横斜高挑的枝叶，却在滴水的浸润下显得分外高贵，优雅，生动。暗香浮动，不止十里，直到竹筏划出谷口，仍能隐隐嗅到它传送过来阵阵清香。此外尚有一处还魂壁，上面长满还魂草，叶片肥厚结实，类若柏木幼株而颜色微红，也是寻常不易见到的。草名还魂，言其生命力极强，即使采来晒干，一入水便旧态复萌，鲜活如前。小冯说，这草也就是书上说的萱草，当地乡俗，孕妇佩其花可生男孩；又叫忘忧草，名人雅士常以之相赠，以为可解愁忘忧也。见我们满脸兴奋，小冯又补充道，其实，这整条的溪流，何尝不是一条忘忧溪，自你们乘筏以来，没见哪一位先生心事重重，唉声叹气的。大家抚掌而笑，频频点头，深以为是。

提起上清溪，不能不说到那些神奇诡秘的丹崖洞穴。泰宁在地质学上属典型的丹霞地貌，境内遍布铁红色的险峰峭壁，危岩怪石，又经长期风化剥离和流水侵蚀，岩壁上形成了许许多多蜂窝状的岩穴和大小不一，形状各异，或狰狞深邃，或规整开阔的洞槽，现在都成为得天独厚的观光资源。上清溪的四十四景，像落霞壁、老鹰窝、阳光三叠、九天宫阙等，大多都与此有关。伫立筏头，远远望去，这些旖旎诡谲、精湛绝伦、信非人力可为的杰作，常会让你神思遄飞，震惊不已。且不可小觑这些荒弃在深山老林的奇特洞穴，它曾是人类最早的栖居地，更是泰宁人推崇虔敬的文化摇篮。这个只有12万人口的小县，历史上曾是"汉唐古镇，两宋名城"，李纲、朱熹、杨时等名臣硕儒都曾在这里寓留讲学，文风昌盛，人才辈出，曾有过"一门四进士，隔河两状元，一巷九举人"的盛况。那些潜心向学、志存高远的莘莘学子，如后来官至北宋吏部尚书的叶祖洽，南宋端名殿大学士兼枢密院参知政事的邹应龙，明代太子太师、兵部尚书李春烨等，幼小时为避开尘嚣扰攘，都曾负笈远涉，到这些岩穴中宵衣旰食，多年发愤苦读。后人感其事而有诗赞曰："探幽寻胜到灵岩，路入云霄已隔风。此处书声通帝座，当年柳汁染春衫"。流风所及，相沿成习，如叶祖洽在奏章中所写："其县比屋连墙，弦诵之声相闻……故以名荐于天子而爵列王廷者，相继不绝"。

叶祖洽读书处就在上清溪出口附近。李春烨父子先后潜研的李家岩，以及至今尚有两位老人（自称为宋代名将杨七郎后人）穴居的胜丰岩，也都相距不远。可惜行色匆匆，未及寻访，是为遗憾。

大约是觉察出大家怅然若失的情绪，小冯在握别时特意安慰说,留一些念想也好,省得黄鹤远去,更无眷顾。泰宁可看的风景多得是,连联合国专家考察后也是像你们一样,依依不舍,流连忘返。

我们问,专家是如何评价的?小冯翘起拇指,洋腔洋调地学道:

"OK,世界级的!"

2005 年 6 月 25 日
原载《人民日报》《福建文学》

大洼红了

"大洼"，很土是吧？如果不作介绍，想不到会是个县域称谓。

大洼人说，这名字好啊，多金贵！大洼大洼，有地有水。41万人口，水稻面积就有90万亩，产的全是上好的"盘锦大米"。海岸线长68公里，水域面积400多万亩，水产养殖远近闻名，"棒打兔子瓢舀鱼，螃蟹爬到被窝里"，说的就是这儿。大洼地下还有石油、天然气，是辽河油田的主产区。更了得的是，大洼地处辽东湾北头的辽河入海口，工商产业星罗密布，规模和实力都不可小觑。

有这样的区位优势和经济基础，今后的发展前景谁能预计得来？大着呢……

但不管怎么说，我们此番的大洼之行，主要是奔着那"举世罕见的红海滩"和"世界最大的芦苇荡"而去的。自从在电视广告中看到那个给人强烈视觉冲击和心灵震撼的画面后，大家便有了急欲一去的愿望，又听说最好的观赏时间是九、十月份，于是便利用周末假日，应县上的盛情邀请，相约成行。

嚯，红海滩！此时，当我们站在码头的观景台上，面朝烟波浩渺的渤海湾，眼前所展现的，正是这样一派让人惊心动魄而又狂喜不已的景色。这瑰丽的红色，从脚下伸展开来，潮水般漫向四处，绵延百余里，蓬蓬勃勃，云蒸霞蔚，轰轰烈烈，铺天盖地，汹涌在你的视野里，弥漫在你的意识中，让你恍惚，让你沉醉，让你满脑子全都是无远弗届的红，如同果真进入一个红彤彤的世界，目迷神眩，如梦如幻。而这红色，又是随着时间和天光云影的移易，不断暗中变换容颜的，时亮时暗，时深时浅，时浓时淡，如燃烧的朝霞，跃动的火焰，如初夏黎明满山满塬的荞麦花，深秋傍晚一望无际的高粱地，那种璀璨，娇艳，博大，热烈，更让你在意兴盎然的欢欣中，不能不惊异于大自然的神奇，富有，并对它无所不能无所不有的造化神工，心生敬畏！

县上的同志说，这无涯无际如火如荼的红海滩，其实是由一株株翅状小草叶片交叉相互勾连联缀而成的。小草学名叫碱蓬草，每年四月发芽，很快长出地面，初为嫩红，随着潮涨潮落海水冲刷浸润，在盐分和碱的双重作用下，颜色渐渐加深。等到秋风乍起，天气转凉，也正是它红得最浓烈，最艳丽的时候。碱蓬草在严酷的环境里生长，生命力十分顽强，大潮来袭时棵杆伏地，退潮后坚挺如故，更显新鲜生动。由于枝叶肥厚，味甜质嫩，上世纪五六十年代，曾作为粮食替代品，让当地农民度过了那段最困难的日子；七八十年代，群众广开财路发家致富的时候，又是发展养猪业最佳的饲料。因此，大洼的老百姓对它怀有特殊的感情，大人小孩从不轻易践踏损毁。

诗云：美是一种真实。

阿·托尔斯泰说：在清水里泡三次，在血水里浴三次，在碱水里煮三次，我们就会纯而又纯了。

红海滩，强悍的生命，傲岸的魂魄，青春绽放风华正茂的原野！

从观景台回过身去，与红海滩一岸相隔，便是渠系纵横，碧波荡漾，蒹葭苍苍，浩瀚无垠的芦苇荡了。这大芦苇荡号称百万亩，年产芦苇50万吨，是造纸和编织的原料；又可水下养蟹，中间养鱼，水面养鸭，是农民增收的重要财源。苇海也是鸟的乐园，据说有260多种，最珍贵的是丹顶鹤、黑嘴鸥、白鹳、金雕等，皆为国家一类保护珍禽。"苇海观鹤"，是到大洼游览的人必去的游乐项目。夏秋之际，天高云淡，苇墙夹岸的水道上，凉风习习，一船如飞，身旁鱼跃鸢飞，林间鸟语啁关，想想看，此时此地，胸中纵有再多块垒，也会烟消云散，让人进入物我两忘、宠辱不惊的超迈境界了。

或许是为了进一步证明大洼并不"土气"，主人又安排我们参观了上口子影视拍摄基地，东风镇张学良故居，田庄台甲午末战纪念地，辽滨沿海经济区和规划面积110平方公里，已经投资40多亿元正在兴建中的辽滨水城。走马观花，时间虽短，也算尽兴而归了。

回到北京，正是国庆前夕，我把在大洼的照片传到西安，想让家人知道我此次的东北之行是何等的愉快、惬意，也为他们的节日生活增加些谈资，带去一份喜悦。

第二天，正在整理笔记，琢磨着写点什么，电话响了：

"爷爷，大地真是红的吗？"

"大地？红的？噢，你是说红海滩啊，是的，真是红的。"

"大地为什么是红的,为什么那样红呀?"

"为什么?"为什么……面对一位小学生突如其来的提问,我脑海里迅速调度着在大洼的见闻感想,但仍不知从何说起,一时语塞,陷入困顿。只得推托说:"对不起,爷爷正忙,回头有空再给你解答好吗?"

"好的。"孩子很懂事地放下电话。

过后一想,我其实应该如实告诉他,那红色只不过是一种特殊的自然现象。碱蓬草许多地方都有,但只有在盐碱适度的海水浸泡下才会慢慢变红。大洼正好有这样合适的生态条件,因而也才会有这独特的大面积的红海滩。我并可由此引申出"橘生淮南则为橘,生于淮北则为枳"或者"刀剑锋从磨砺出,梅花香自苦寒来"之类的古训,给他些哲理的启迪和激励。

但是,我还是想对他说,"血沃中原肥劲草,寒凝大地发春华"(鲁迅),这红色,也可看作是一个民族的悲壮记忆。告诉他一百多年前那场甲午战争的最后一役中,驻守田庄台的中国军民如何面对敌人数万兵力和91门大炮,浴血奋战,壮烈殉国;残忍成性的敌人又如何疯狂焚烧追杀,把辽河三角洲顿时变为一片血海焦土。从而让他懂得贫穷就会遭受欺侮,落后便要挨打,要自立于世界民族之林,必须努力提高国家的综合实力的道理。

当然,我也应告诉他,这红海滩的艳丽壮阔,历来如此,非自今日始;这些年其所以越来越引起人们的关注,吸引这么多中外游客,是与社会的进步、国民收入的增加和人们生活方式的改变密切相关的。现在的国庆、春节,外出度假的人口动辄数亿,这在从前是根本无法想象的。远的不说,就是30多年前,绝大多数中国人还生活在贫困线上,成天为吃饭穿衣上学看病犯愁,不要说没那份财力,没那些时间,就是有,也不会有那样的心情。那个年代,凡是异地出差、探亲,必须有生产队的证明,单位的介绍,否则便寸步难行。这种情况下,谁还会有游山玩水的闲情,休闲度假的奢望。

没想到,在我们第二次通话时,孩子对我所说的这些全能听懂,表示能够理解。长假过后,他妈妈来电话,说孩子的一篇作文受到老师的表扬,作为范文在班上朗读了。那作文的标题是《祝福祖国》,老师的评语则是:联想丰富,感情朴实。

2009年10月

原载《人民日报》

峰峦深处

苍茫的高原,群山如聚。贵德,这个 10 来万人口的小县,就分布在峰峦怒立、峡谷深切河谷地带,远离尘嚣,怡然自处。

下榻的招待所却有一个时尚的名称:梨花别墅。说是别墅,实际更像一所整洁的农家小院。白墙红顶的小楼,方砖铺地的院子,四围碧草竹篱,墙内花坛菜畦,怎么看,都会让你想到这该是一个勤快、爱好的庄户人家。进得房间,从三楼阳台朝南望,开阔的川道里青稞、马铃薯、豌豆等尚未收割的庄稼一派青绿,更远处,则是屏障般布列的祁连山余脉,山色灰白,略感瘠薄。

时近傍晚,高原的天光仍恍如白昼。晚饭后沿楼后边的林荫小道漫步,猛然间觉得从什么地方传来"哗——哗——"的流水声,声音不紧不慢,时近时远,但分明真切可闻。见我茫然四顾,旁边的服务员莫名其妙:不是黄河吗,黄河的水声啊!这着实让我大吃一惊:黄河!黄河!哪呢?服务员忍俊不禁,笑说,哪呢,不就在你脚下嘛,又朝帮畔底下一指,呶,下去,林子背后就是。

连忙从步道拾级而下,穿过高大茂密的杨树林,眼前果然是一川浩浩荡荡澎湃而来的大水。然而,然而,这是黄河吗?这晶莹澄澈、清可见底的水流真是黄河吗,这宽阔温润、波光粼粼的水流真是黄河吗,这林带蓊郁、野鸟翔空的水流真是黄河吗,这晚霞映照下波浪滚滚奔腾跳跃欢歌笑语一路喧哗而去的水流真是黄河吗?须知,我也是喝黄河水长大的呀,有名的壶口瀑布我不知去过多少次。那么,黄河,那大漠黄云、浊流涌动的容颜呢,那激浪排空、泥腥四溢的气息呢,那龙吟虎啸一时发、咆哮万里触津门的气势呢,那三万里河东入海,五千仞岳上摩天的襟抱呢……面对急流回旋、碧波远去的逝水,我陷入遐思,说不清是兴奋呢,还是困惑。

回到住处，县上的同志告诉我，其实贵德也是一个水土流失严重的地方，黄河从巴颜喀拉山经玉树、果洛蜿蜒流来，过去河水都是黄稠黄稠的。水量也不像这么大，到了夏季常有断流的时候。2005年起国家投资75亿，实施退牧还草、封山育林、移民搬迁等三江源保护工程，8年治理，初见成效，不仅生态逐步恢复，气候也明显改善，这几年基本上都是风调雨顺的年景——圣人出，黄河清嘛。

我一时语塞，不知该如何应答。但如果他所说的圣人，是指那些为保护"母亲河"做出牺牲、付出辛劳的人们，我会爽然赞同的。又问，县上财力如何，答说不算很富，矿产资源倒是很多，但不允许开采，为防污染环境，好些外来投资项目都拒绝了。那今后怎么发展呢？回说，靠山吃山靠水吃水呗。比个例子：黄河横贯贵德全境，上有龙羊峡水库，下有刘家峡大坝，河面开阔，水流平稳，两岸奇峰屏列，芦荡幽深，去年开通的全长52公里的游船水道，因距青海湖近，游客纷至，就为沿途农牧民收入提供了新的财源。加之又有水利部的对口支援，一批防洪、灌溉、人畜饮水工程陆续上马，老百姓普遍受益，也为县域经济积攒了后劲。你想，天时地利人和，发展能不快吗？

县上的旅游资源，当然不止他说的这些，贵德的老县城便是一处珍贵的历史文化遗存。城墙始建于明代洪武年间，至今保存完整。城墙北门外，是游人必至的玉皇阁院区。院区占地61亩，迎面一座彩绘牌楼，额书"腾龙起凤"四个大字，笔力苍劲，寄寓深远。进入大门，依次是大成殿、老君殿等几座大殿，左右两厢又有若干院落，分别祀奉关羽、岳飞等大德先贤。玉皇阁在中轴线正北，高28米，为三层歇山顶式阁楼，造型精巧，酷肖故宫角楼，算来也有600余年历史。登阁眺望，眼低是布局规整的院区建筑群落，远处为古城墙内鳞次栉比的市井民居，整体看去直如一座缩略版的老北京旧城，这在遥远的青藏地区应是十分罕见。

给我印象深刻的，是阁上的一副楹联：听九曲黄河滚去，看千山云气飞来。语意平实，似今人所撰，但也大体反映了我实地登临的感受，进而解开了昨晚散步时的疑惑。唯一弄不明白的，是"梨花别墅"这个称谓，为此请教了文化局曹局长，她说这倒不是故作风雅，贵德是产梨大县，"长把梨"远近闻名，最老的树龄达三四百年。每年五月梨花盛开，到处白花花一片，清香四溢，到时县上要举办梨花节，藏族的"羌姆"（跳神祈福），汉族的"眉户"，回族的"花儿"，通宵达旦，轮番登场,"浪会"的群众人山人海,相亲访友做买卖,说来也是"极一时之盛"。至于那个名称,"别墅"固然未必,"梨花"倒确是全青海都知道的地域标志。听她解说,我还真为自己的"不耻下问"庆幸,否则下车伊始挑鼻子挑眼胡说一气,岂不要把人丢到这块世界屋脊的"大美之地"。

按日程,次日下午要返回西宁,上午有半天时间自行安排。早饭后走到住处对面的田地里,见一处窝棚,门前堆放几筐瓜果梨桃,主人是一位回民老大爷,问长把梨多少钱一斤,老人和气地说道,自家地里的,不值钱,随便吃。旋又反问,外地来的?我如实作答,老人摇头一笑,说北京可是个繁华的地势,就是人太稠,憋屈得很。原来大爷的儿子在牛街当厨师,成家时大爷去过。这一来谈话就更显亲近随便。我递上一支烟,问光景过得咋样,老人说不好也不赖,衣食不愁,万事无忧,还要咋?又说,倒是你们公家人劳累得很,农村的念书、看病、养老,样样得操心,修桥铺路,盖房起楼,买良种买农机,都得给补助。人不能亏心,要说世事(世道?)嘛,我看就好着咧!聊来聊去,一个多小时不觉过去了,对老人的淳朴厚道,我深为感动。临了挑几个梨子,要付钱,死活不收,只好道谢而别。

回程中大家交流上半天各自的活动，浙江的罗教授是一个高喉咙大嗓子、底气十足的人，四年前到过贵德，他说上午进城跑了一趟，变化老大，街道漂亮了，市场繁荣了，人们的面色、衣着光鲜了。结论是：政策的威力太厉害了，春风所度，无远弗届，就这么个偏僻的高原小城，也能明显觉察到时代行进的光彩投影！听他激情的言说，不难想像他在课堂上挥洒自如、侃侃而谈的神采。而我更相信，当他再次走上讲台，一定会有更多新鲜、生动的内容传递给饥渴求知的弟子们。

　　汽车沿环山公路盘旋而上，从陡峭的转弯处回头一望，河谷间的村庄树木依稀可见，脑海里突然就冒出不知何处得来的诗句：一夜好风吹，新花一万枝……

2013 年 8 月 23 日
原载《人民日报》

又到雪飞梅绽时

——梅乡行

幼时读李白的《长干行》,总为这对恩爱夫妻当初两小无猜、烂漫天真的娇憨情态忍俊不禁。然而,"妾发初覆额,折花门前剧,郎骑竹马来,绕床弄青梅","竹马"倒也骑过,这"青梅"究为何物,因家在陕北,却是闻所未闻,浑然无解;直至最近去诏安采风,经实地踏访,方才茅塞顿开,知道它是东南沿海广受青睐的一种果品。

诏安县在福建最南端,与台湾岛仅一水之隔。因依山傍海,盛产乌叶荔枝、鸡蛋龙眼、蓬头芦柑、黄肉西瓜等各类水果。其中又以青梅最为驰名。栽植面积12万亩，产量占到全国的60%以上。由于青梅有生津止渴、开胃解郁的功效，又可加工成果脯、蜜饯、饮料等保健食品，长期以来一直热销日本、韩国及东南亚各地。据说在日本，青梅是餐桌上向来不可缺少的佐品，如同兰州拉面是以肉片的多少论价一样，在日本，去餐馆用餐，多要一片青梅，便要多加一分价钱。而日本的青梅，绝大部分来自福建诏安。

那天我们到县里最大的栽植基地红星乡去访问，登上乌山高处的观梅亭，只见苍苍莽莽，满山遍野，尽是含苞待放的大片梅林。梅树老干如铁，枝梢茂密，与在广东梅岭见过的观赏梅大致相仿。乡上的同志介绍说，这种青梅，每到"大雪"节令，便应时而开，一夜之间，会齐刷刷绽放出洁白或粉红的花朵，整个乌山山脉，俨然成了一个红妆素裹、耀眼欲迷的香雪海，馥郁的香气，能把路上的行人薰醉。那时候你来乌山，才能真正体会到"踏花归来马蹄香"的妙趣。只是这青梅花期不长，也就十天左右，而后花谢叶出，坐果发育，到"谷雨"过后便可采摘上市。成熟的青梅大如杏子，分量不轻，八九个便可称到一斤，最贵时可卖到七八块钱。乡干部说："现在的山区，老百姓手头宽裕多了。有次我父亲提了一筐刚摘的梅子进城,是带给我们尝鲜的,不想半路上便被人拦着买走了。老人进门后把两百元钞票往我手里一递,说拿去让孩子花吧,想不到这东西现在这么值钱,下次挑它一担,把咱家那台旧电视也换换!"听着他绘声绘色的描述,大家全都被逗乐了。只是未能赶上花期,心下总不免些许遗憾。

晚饭是在乡政府食堂安排的。按蒲县长事先的叮嘱,席间特意上了一道名叫"和合包"的小吃。这是一种类似烧麦或豆包的面点,但风味迥异。面饼用精面发酵蒸制而成,形似尚未展开的荷叶,多折而微拢,中间包进用猪肥膘肉、山桔末、冬瓜、芝麻、砂糖炒制的馅丁,卷起来食用,入口香甜,油而不腻,果然别有滋味。关于和合包的由来,蒲县长讲了一个诏安版的陆游和唐婉的故事。说是有一对年轻夫妇感情甚笃,却不能见容于婆母,两人被拆散后,妻子因牵挂丈夫的饮食起居,便运筹心思,制作了这种不易放坏的点心,盛以竹篮,偷偷挂在婆家房檐下供丈夫夜间取用,藉以传递重修和合的寓意。蒲县长讲,诏安历史悠久,名菜名点上了食谱的就有几百种,但唯有这和合包,却是婚庆寿筵绝不可缺少的,我们去台湾访问,凡是与诏安籍的台胞在一起,思乡怀亲的话头也总要从这道名点说起。这顿晚餐并不铺张,大家边吃边聊,轻松自在,让人尽兴尽意,回味无穷。

回到县城,已是薄暮时分,因第二天便要离开,蒲县长又动员我们到"沈耀初美术馆"参观:"这沈先生可是与齐白石、张大千齐名的国画大师,绝不可不去。杨尚昆、彭冲、谷牧等中央领导都曾看过,均大加赞誉"。美术馆在城北中心街,建筑古色古香,环境整洁清幽。展厅里陈列着沈先生不同时期的代表作一百多幅,以花鸟为主,间有山水人物,构图简洁,笔力沉雄豪迈,看去果是大家气象。这沈先生原是美术专业出身,1948年应邀去台湾任教,不久大陆解放,归途受阻,羁旅台岛42年,至1989年才得以耄耋之身落叶归根。其画作,多以家乡风物为题材,极尽瞻怀思念之情。在一帧《晚霞飞雁图》上,先生题诗道:"目送飞雁去,旅次客心惊。羡渠腾健翼,愧我仍零丁。画中有真意,身外薄浮名。士渡关塞远,何日作归耕"。飘蓬心境,跃然纸上,读来让人唏嘘。先生1990年辞世,享年83岁。所幸晚年目睹家乡日新月异的巨大变化,身心快慰,亦应无憾。

由于地缘相近,祖籍诏安的台湾同胞为数甚多。这一路上所到之处,都能看到台胞回乡投资兴业和办学、修路的善举,令我们深为感动。只是有一次,大伙正在车上议论,坐在前排的小陈突然来了一句:"一娘生九种,各个不相同。也有个别不成气的,数典忘祖,老在那边折腾,说来都让家乡蒙羞。"小陈是县文联干部,大家都明白,所指称的显然是那边所谓的现任"总统"陈某,因为陈的先祖就是从诏安的白叶村移居台湾的。为绕开这难堪的话题,众人连忙插话,说不算不算,他怎能代表诏安人呢;螳臂当车,能有什么好下场!小陈这才从忿慨情绪中转换过来,说,那是自然。说着,从书包里抽出一个精心装裱好的册页,让我们传阅。打开一看,全是抄写工整的唐诗。有王维的《杂诗》:君自故乡来,应知故乡事;来日绮窗前,寒梅著花未。有岑参的《逢入京使》:故园东望路漫漫,双袖龙钟泪不干;马上相逢无纸笔,凭君传语报平安。此外还有王昌龄的《芙蓉楼送辛渐》,贺知章的《回乡偶书》等,计10多首,字里行间,看得出一位天涯游子瞻望家山的殷殷情怀。小陈转过身来说,看到了吧,这是前些日子去台湾,一位老先生专程从宜兰赶到台北,要我们转送家乡祖祠的,这里面反映的,才是台胞真切的情感和心声。我自然深以为是。爱国爱乡,毕竟人同此心,心同此理。

离别诏安将及一月,不觉已是新年,有消息说,由漳州市主办的"海峡两岸(诏安)青梅节暨书画艺术节"

将于元月十日举行。想到在这雪飞梅绽的祥和季节里,两岸同胞相互勖勉,共话未来,欢歌笑语,其乐融融的喜庆气氛,不禁心驰神往。岁尾年初,冗务羁绊。翘首蓝天,雁阵正过。那么,就让这南去的飞鸿带去一位新结识的朋友对诏安人民的由衷祝福,也带去对台湾同胞的诚挚问候吧。

2008年元旦

原载《人民日报》2008年2月16日

雾漫东江

光阴似箭,岁月无情。时间和潮流"会使最亮的刀生锈,最强的弓弩折断"(斯各特)。

25年,弹指一挥,白薇,这位新文学史上名重一时的女作家已很少被人提及。

1945年秋,毛泽东赴重庆谈判,在周公馆招待进步女作家时,曾握着白薇的手说,我经常记起你,丁玲和你是我们湖南的女作家。

1950年,毛泽东把白薇请到中南海,交谈中称她"是个好作家,又是个好战士"。

这位与毛泽东、周恩来、邓颖超、康克清等有过长期交往的湖南女子,上世纪20年代由日本返回祖国投身大革命浪潮。1927年10月到上海,加入创造社,创作了大量"解剖封建资本主义的黑暗,同时表白被压迫者惨痛"的作品,在鲁迅、郭沫若、田汉、成仿吾等影响和扶植下,成为"左联"和左翼戏剧家联盟最早的成员。全国解放后,由政务院安排来到北京,担任中国文联和作协理事、全国政协委员,其间主动要求到北大荒和新疆军垦农场体验生活,坚持9年,以一系列洋溢时代激情的作品广受好评。

她姿容清丽,性格刚强,被鲁迅称作"仙女",叶灵凤则在《白薇——我们的女将》中说她"外表看来那么柔顺,内心却刚毅坚定",唯因颠沛流离,又耽于痴情,终身未婚,去世时已94岁。

白薇出生在湖南资兴县。1947年她由上海回资兴,接何香凝来信,参加了党领导的湘南游击大队,亲身经历了解放资兴县城的战斗。她的家乡在资兴渡头镇秀流村,她对这个"青山耸翠,秀水流长"的地方一往情深,曾写过长篇纪实散文《我的家乡》,详述那里的自然环境、人文历史和民情风俗,笔致温婉闲适,描绘细腻真切,堪称现当代散文中的佳作名篇。她说,"我爱我的家乡,我庆幸我生长在这样一个可爱的村子,它,给我比别的孩子更多的见识,更多的美的憧憬,狂热的情绪"。

这次去资兴,白薇的秀流村已不复存在。上世纪70年代国家修建东江河水库,这个村子连同周围6个乡镇全都没入江底,却预想不到地成就了一座蓄水80多亿方,面积160平方公里,烟波浩淼,风光旖旎的东江湖。一个远近闻名的4A级的国家风景名胜区。

资兴位于湖南东南部,隶属郴州,山深林密,水源充足,从空中俯视,眼底如同展开一帧巨幅的青绿山水画,画面布满秾丽的翠绿深蓝,村庄,道路,市区建筑,反倒成了其中恰到好处的巧妙点缀。有专家称此地的自然环境为"弯弯曲曲水,<u>重重叠叠山</u>,无穷无尽树,不冷不热天",被极赞美,而形容确切。加之已有1800年的历史,书院宫观,遗存自多,乡风民习,古意犹存,经过多年建设治理,现已成为集观光游览、休闲度假、健身疗养为一体的湖山胜地,湘、赣、粤黄金旅游线上的一颗明珠。

资兴可供参观游览的自然和人文景点,据说有240多处。在我看来,单是那美轮美奂、奇异无比的"雾漫小东江",就是任何别的地方难以见到的一道独特景致,足以让人神魂痴迷,流连忘返了。

这是东江湖下游梯级利用形成的一段江面,长24华里,由于水温长年保持在8至12度,每到夏秋两季,蒸发的水气收束在翠峰屏列的峡谷间,便出现白雾弥漫、云蒸霞蔚的炫目奇观,游人纷至,络绎不绝。那雾气飘飘渺渺,镇日不散,从早到晚,演绎着不同的风致情韵。

黎明的雾如一段甜蜜的梦。斯时四围寂然,弯月如钩,静静的江面上,一层乳白色的雾霭平整地铺展开来,厚厚的,沉沉的,像一床柔软的丝绒棉被,将呓语中的小东江捂盖得严严实实,看去暖意融融;又像半夜悄悄落下的一场瑞雪,等待着给睡醒后的小东江一个意外的惊喜。而岸上的游人,除过不停地按动相机快门,也都屏声静气,好像生怕惊扰那朦胧的梦境。随着天气转亮,气温上升,平静的雾霭开始浮动起来,扩散开来,先是像淡淡的轻烟,袅袅娜娜,向四周弥漫,继而像薄薄的蝉纱,影影绰绰,在半空舞动,再后来,就变作一条条洁白的流云,飘飘忽忽,去来无踪,将两岸的山林渲染成一幅幅笔墨娴雅、浓淡相宜的宋元山水。等到太阳出来,雾气聚合,整条峡谷间就蒸腾起大大小小棉垛般的云团,那云团相互纠结,跌宕绵延,在朝霞映照下,全都镀上明艳的色彩,金光四射,灿然夺目。此时的小东江,直如祥云缭绕,琪花遍开的西天琉璃世界,令人恍兮惚兮,如置仙境。只是到了夜深人静,小东江才渐渐隐去白日的曼妙与辉煌,显露出别一种安谧、恬美的姿容。蔚蓝的江水微波不兴,静如处子。远处的小船挽缆停泊,烛光摇曳。万籁俱寂,四外无声,只有那缱绻缠绵的片片云羽,如飞天仙子,临流照影,迟迟不肯离去。这情调,每让人想起《枫桥夜泊》的悠远,《寒江独钓》的空茫。

幻化无穷、极尽其妙东江雾,你就是那天生丽质的绝代风华,浓妆淡抹,惹人爱怜;轻颦浅笑,动人心魂!

小东江沿线最有名的人文遗存,要算寿佛寺。这组仿唐风格的建筑群,背依周源山,前临东江水,气象宏阔,环境优美,又因其供奉的是在佛教界地位极为尊崇的"无量寿佛",在海内外广有影响,长年游客不断,香火鼎盛。

无量寿佛,法名全真大师,俗姓周,别号宗惠,唐开元十六年(公元728年)出生在资兴周源山,父亲周鼎光曾官至尚书。据清代咸丰年间全州人张淡重修的《寿佛记》记载,他自幼有神悟,聪明过人,吐语成词,"超然有出尘宏道之志"。16岁到郴州开元寺出家剃度,后到杭州径山修行,拜道钦禅师为师,晚年在广西全州创建"净土院",讲释"无量寿经",徒众逾万。又作诗歌偈语数十万言,广为流传,其要旨在引导人们学好向善,践行大乘教义:"说得一尺,不如行得一寸。"他讲的这些禅理,福国利民,深得朝野推重,故有"西祖阿弥陀,东宗无量寿"之喻。咸通八年(公元867年)二月初八日,大师以"秋去叶须落,春来花自开"留别众弟子,无疾圆寂,享年138岁,是中国历史上最长寿的高僧。

全真的一生,潜心向佛,法力高超,其经历颇富传奇色彩。《寿佛记》说他天宝七年(公元748年)随道钦禅师晋谒唐玄宗时,曾奉命与东明观道士斗法,跣足刀梯,若走平地,油釜沐浴,烈焰乘凉,餐铁嚼钉,以为戏耍,绝无难色。帝大悦,专遣高力士慰劳,并封道钦为国师。全真因见安禄山出入宫禁,飞扬跋扈,知其必乱,遂与道钦潜身隐遁,避免了一场血光之灾。又,太和八年(公元834年),全真预感佛界将有大难到来,曾作偈语:"劫逢百六(时大师106岁)今朝是,将挽天河洗法尘。"劝弟子及早蓄发归农,毋干朝廷大法;况佛法在心,不在相善。要好自护持,方可躲过此灾。此后数年,果有"武宗灭佛"惨剧发生,沙汰僧尼,焚毁经藏,荼毒至烈,而大师与信众则安然无恙。其料事之灵验,一至于此。

《寿佛志》记事翔实,文采斐然,赏读之际,兴味盎然,算得一部优秀的传记作品。书中写,天宝七年,天降大瑞,昭示全真将来必有七级浮图盖顶的情景云：一夕星云暗淡，师从蒲团起，舒眉展目，现出五色祥光，照彻山谷。此时钟鼓自鸣，禽吟兽吼，四众惊起，莫之知，而师自喻（明白）之。写法师在全州覆釜山修行时的周围环境：其山层冈叠嶂，插入天表，峭蠹不可登极。藤梯石而上，平衍盈寻，即今之百云庵。地前隆隆耸起如平台，则其案也。后又屏山百丈，蹲踞如狮。喷水落岩，名圣水岩，四季不竭。而水从对峙一峰九曲回流，飞为瀑布，曰白水天河……像这样简洁凝练而又绘形绘色的文字，在我看来，还真值得时下许多专业和业余写手们研磨学习。

全真大师因其德劭寿高、矢志弘法终成正果而被尊为"无量寿佛"，历代有五位皇帝顶礼赐封，民间更有大量信众虔诚敬奉，祈求平安长寿。而今的资兴，又称长寿之乡，仅年纪在90岁以上者据说就有上千名。这原因，自然与求神礼佛无关。但此地优越的生态环境，丰饶的自然资源，富足的城乡生活，和谐文化营造的健康社会氛围，令广大民众深获其惠，当无疑义。

可惜白薇已矣，否则以她的生花妙笔，一定会有更加精彩动人的《我的家乡》名世。

2012年10月24日

原载《人民日报》

春在清风雅雨间

一

出双流机场,沿京昆高速南行,眼前恍如展开一帧长长的彩色画卷。巍峨的崇山峻岭间,金灿灿的油菜花恣意怒放,布满从谷顶到河岸大大小小的缓坡地块。宁静的农舍村庄周围,枝条疏朗的乌梅和野樱树临风摇曳,粉红色花穗分外抢眼。开启车窗,湿润的空气中混合着青草和泥土的清香;林梢水湄,不时传来唧唧关关相互应答的莺啼燕语。春节刚过,乍暖还寒,不知造物之神是以什么样的灵感和激情,将这春的消息及早营造得这般艳丽、浓烈。

此行的目的地,是四川盆地与青藏高原过渡地带的雅安,单是二郎山、夹金山、大渡河、青衣江、茶马古道、民族走廊这些地理名称,便勾人无限遐想。

二

最绚丽的一幕,是九襄的万亩梨花。

不是"梨花一枝春带雨",不是"一树梨花细雨中",甚至也不是"忽如一夜春风来,千树万树梨花开"。九襄的梨花,气象要比这要博大得多,神采要比这生动得多,风致要比这妖娆得多。

从雅安雨城区到汉源,半小时车程。穿过十多公里的泥巴山隧道,拐一个弯,便是九襄。从公路右侧的平台俯瞰,开阔的川道里,陡峻的山坡上,像刚落过一场瑞雪,到处银装素裹,白茫茫一片,微风过处,沸沸扬扬的花瓣凌空曼舞,若不是阵阵暗香袭来,你一定会怀疑自己是误闯到一个晶莹明澈的童话世界。再仔细看,那山坡上和川道里的梨花又各有不同。山上的梨树,浩浩渺渺,莽莽苍苍,阳光照耀下,恰如天空落下的大片云彩，逶迤起伏，一望无际。川道里，田畴上，白花花的老梨树成排成行，布若棋局；棋格内，一方方蒜苗长势正旺，油绿青翠，那感觉，更像一幅美轮美奂的蜀锦精品，色调和谐，风格清雅。

由观景台拾级而下，中间经过两三个村庄。村子人口不多，格局疏朗，而环境的整洁清爽尤为大家称羡。陪同人员介绍，九襄是川西高原的一个旅游热点，节假日，成都、西昌、甘孜和雅安等地前来观光度假的游客络绎不绝，旅游接待成为镇上村民主要的收入。这让我略感诧异：梨花花期毕竟不长，接下来的日子还有那么多人吗？陪同说，这你就不知道了，九襄一年四季景色各异，夏无酷暑，冬无严寒，秋天梨子成熟，金灿灿挂满枝头，梨叶经霜，红艳艳满山遍野，那情景，怕比你们去香山赏红叶还要壮观哩。

时值正午，一行人在临水的一家"农家乐"院子稍事打尖。大盘的烧土豆，满筛子的煮玉米，新鲜的水果、西红柿，清亮适口的荞麦茶，无不透出山乡待客的丰饶与诚朴。回头翘望，远处的广场上一派繁忙，村民们正在搭建临时看台和彩虹门，主人说，明天县上的梨花节开幕式就在这里举行，到时人山人海，电视台要进行现场实况转播的。

翻开茶几上的报纸,一则"花文化·花产业·花海洋"的报道赫然在目:雅安花多,花节已成为推动发展的文化品牌,继雨城区连续十年的桃花节,相继举办的尚有芦山县的油菜花节,荥阳县的鸽子花节,宝兴县的四月桂花节,石棉县黄果柑节等。

春暖花香,岁稔时康。忙碌的山里人,正趁着这风清景和的大好时光,以诗意的劳动,营造着甜蜜的生活。

三

安顺场,这个号称"翼王(石达开)悲剧地,红军胜利场"的荒野滩涂,曾以两场相隔72年却同样惊心动魄、气壮山河的战役,书写了中国近现代史上悲欣交织、耐人寻思的篇章。

血火陈迹已不可见。环护交汇的大渡河与松林河急流汹涌,清澈如碧。信步徜徉,寻寻觅觅,积淀在记忆深处"大渡桥横铁索寒"的苍茫意境了无踪影,而秀美的风光,幽静的村落,村民们健康的肤色和爽朗的谈笑,在在让人感受到一种安居乐业、舒心适意的祥和气氛。

在村里的生态农业观光园,见到的一种叫做"黄果柑"的稀有果树,青枝绿叶间,繁星般缀满黄澄澄的果实,看去如同星级饭店年夜里喜气盈盈的圣诞树。其奇异之处,在于花、果同枝——果实周围,开满浅绿淡白的花朵。果农介绍,黄果柑的花、果,隔年对开对结,今年开的花,到明年同一时间才能采果,今年采摘过的地方,明年又会孕育出花朵来。这种自然杂交、物竞天择的树种,只在石棉县及周边地方才有。因土质和气候条件适宜,果实的成长期又长达一年,结出的柑子水分饱满,酸甜适中,很受市场欢迎。果园占地350亩,今年产量预计会有700吨,按每公斤3元计算,产值将达到210万元,村民收入和生活水平的丰足,自可想来。也许是第一次见到如此花繁果密、色彩斑斓的果园,品尝到如此珍稀的水果,同行的朋友格外兴奋,纷纷拿出相机手机,啪啪啪反复拍照,半个多小时过去,尚感意犹未尽,仍不停在林间钻出蹿入,要不催促,真怕是要目迷五色,沉醉忘返了。

想到王羲之的《兰亭集序》:是日也,天朗气清,惠风和畅,仰观宇宙之大,俯察品类之盛,所以游目骋怀,足以极视听之娱,信可乐也。

果园不远处便是村中心。说是村庄,实际上是一条规划有序、全新建筑的彝民街区。路面用青石铺就,打磨细致，平整如砥。两旁民居风格统一，低层外墙用碎石镶砌，二层为松木材质的住房，雕栏回廊，古色古香，较之江浙一带见过的古民居并不逊色。2008年汶川地震，安顺场也属重灾区，几年来县上整合灾后重建、新村建设、旅游开发等项目，先后投入近4亿元，对基础设施、古镇恢复、红军强渡大渡河纪念馆进行了全面整修和扩建，提升了安顺场知名度和美誉度，近两年接待游客151万人次，综合收入7.6亿元，村民收益水涨船高，达到6000多元。

看了几家门市，出售的大多是山货特产、赏石文玩等。到村文化站，典雅敞亮的接待室里早就预备了烟篆缭绕的清茶和笔墨纸砚，七嘴八舌，推托不过，在半似起哄的情态中又一次"被代表"，仓惶写了"浩气英风大渡河，政通人和安顺场"几个大字。在座的都是文坛名家，见颔首称是，态度也诚恳，心下稍觉宽释。

四

尔苏木雅，大渡河流域的藏族分支。

蟹螺乡的尔苏木雅堡子，在松林河畔通往康定的公路上头。

下车后，县上的同志要大家排好队，村上有一个欢迎祈福仪式。

仪式在村口一家农家乐院子大门前举行。8位清俊的藏族汉子在路边敲打羊皮鼓，吹响牛角号。10多名妇女身着盛装，载歌载舞。马路中间燃一堆柴火，青烟端冒，散发着好闻的松香气味。跨过火堆，一位矍铄的老者迎上来，边诵经，边用松枝将圣水洒向客人头顶，随即，旁边的妇女躬身献上哈达，端过酒杯。我不善酒，但在这庄重肃穆的气氛中似乎不宜推辞，也便一饮而尽。酒很烈，通身顿时蹿起烧烘烘的喷张感。

院子里摆好四张桌子。刚入座，热腾腾的饭菜便端了上来。蒸土豆，煮玉米，烤羊排，香椿鸡蛋，水盆豆腐，凉拌黄瓜，皆就地取材，新鲜可口，大受称赞。同桌的李永强乡长见众人兴致高涨，也不再似刚见面时的拘谨，站起来向大家敬酒，说能喝多少喝多少，不能喝的，抿一下也行，因他态度诚恳，能喝的倒是全都喝了。李永强从小在城里上学，虽是汉族名字，却是地道的藏民。他说，国家规定，凡民族自治地区，无论区州县乡，行政一把手必须由民族干部担任。在我看来，李乡长的起立敬酒或许就是一个暗号，他一落座，刚才大门口的那群姐妹一下子涌了过来，在一位浓眉大眼、辫子粗壮的俊俏姑娘带领下，一边唱起悠扬的藏歌，一边逐个向客人敬酒，有不胜酒力推三拖四的，就换个歌唱不停唱下去，直到你不好意思继续推辞仰头喝掉，才"哇"地一阵欢呼，像是对客人的赞扬，又像庆祝自己的成功。李乡长说，那位"粗辫子"叫山丹梅，也是民族干部，原先是老师，现在是副乡长，性格开朗，很能干。

本来已酒足饭饱，不知谁走漏消息，说那位脸膛黧黑的作家便是电影《天下无贼》的作者，全场立刻轰动，粗辫子们重新杀将回来，立逼赵本夫再喝下一杯。尔后随着山丹梅一声"上！"姐妹们立马上前，将老赵团团围在中间，抱头的抱头，抬腿的抬腿，扯胳膊的扯胳膊，齐心协力"呜"地向上一抛，又稳稳接住，如此几个来回，老赵连连告饶，众人也都前仰后合地笑成一团。接下来如法炮制，陈世旭、叶延滨、王山、蒋蓝、赵良冶，无一漏网，韩小蕙、乔叶、葛水平因是女性，我则因年纪大怕"散架"，网开一面，得以幸免。李永强说，这种娱乐方式叫"筛糠"，边喝、边唱、边热闹，是见到最亲热的朋友，大家最开心的时候才会开场。

开心当然开心。但就我观察，在整个两三个时辰的欢聚过程中，主人似乎比我们表现得更投入，更快活，更尽兴，如小蕙所说，他们那种快活是由衷的，无拘无束的，热情奔放的，发自内心、由里向外的，让人心生羡慕，又反躬自省，怅然若失。

回到宾馆，对市委常委、宣传部长姜小林讲了我们的感受，小林解释说，这一方面是民族政策落实得好，藏胞生活显著改善，对党和政府满意；另一方面民族地区的同志大多朴实厚道，乐观直爽，非分欲望少——欲望太多，烦恼自然多。

五

向以温润雅雨、名贵雅鱼、灵秀雅女闻名的雅安，而今更以"熊猫之都"吸引世界目光。

1869年，法国人阿尔芒·戴维正是在雅安宝兴县的教堂附近，发现了这种"可爱的""最不可思议"的动物，引起轰动，被称为19世纪生物界最伟大的发现。一百多年过去，世界上幸存的大熊猫，野生加人工养育，统共不过4000来只，其中，中国保护大熊猫研究中心雅安基地圈养的有80多只。

基地占地1000多亩，坐落在有"小九寨"之称的碧峰峡景区内。我们去时，路旁的围墙里正有一只体态肥硕的熊猫，背靠树桩摇来摆去上下磨蹭，悠然自得地在那里"挠痒痒",样子十分滑稽有趣。正待屏息拍照,那老先生像因未经容许擅自拍摄而颇感不快,竟毫不礼貌地躬下身来,旁若无人地走进了卧室,让人甚感拂意。导游笑说,不碍事,它叫"泰山",性情很活泼的,稍会儿还会出来。果然,这家伙算得上是一个十足"人来疯",架不住一群女孩子"泰山、泰山"的一阵呼唤,便重又走了出来,且看来情绪不错,先是很绅士地仰头向众人扫视一遍,像打个招呼,尔后便稳稳地坐在迎面石台上,抄起地上的竹枝撕剥开来,慢条斯理地细嚼慢咽,那表现,又像是要以各种最佳的姿态,任你们拍照,留影。

　　一通紧张的抓拍,所有人都心满意足,那群女孩兴奋得又蹦又跳,临了一齐回转身去,竖起拇指连连道谢:好样的,太配合了,谢谢,真乖!

　　另一围墙里的三只幼崽,年龄不到半岁。其中一只蜷曲在小型轮胎中间,轮胎用横杆悬在空中,也不知这顽皮的家伙怎么就钻到里面,以后又如何下得来。等了半会,见纹丝不动,像在打盹,也许在沉睡,那可怜的小样儿,让人忍俊不禁,又不忍打扰。另两只躺卧在远处木棚的房顶上,傻乎乎粘在一起,不停地你拍拍我,我蹬蹬你,一副怡然自得、憨态可掬的样子，任怎么引逗，全不理睬。这情景，不由得叫人联想到辛弃疾《村居》中的描写："大儿锄豆溪东，中儿正织鸡笼，最喜小儿无赖，溪头卧剥莲蓬。"导游告诉我们，别看现在两小无猜，亲亲热热，长大都得分开。熊猫性情温顺，不惹是生非，但各有自己的领地，不容任何闯入者侵犯，否则会进行激烈抵抗。这话听来别有余韵，惹人遐思，又随即得到市文联赵主席现身说法的印证：前数年陪同电视台采访，无意中跨进围栏，腿上被熊猫狠咬了一口，失足之悔，余痛犹在。

《史记》记述，大熊猫祖先貔貅，威武强悍，凶猛异常，曾随轩辕黄帝参加过著名的阪泉之战，封为"战神"，后经千百年的造化陶冶，演变为与人类和谐共生、友好相处的大熊猫家族。《史记》中有不少类似的神话故事，此说有无依据，不得而知，但现在的大熊猫，不仅被国人视为国宝，亦且作为"和平使者"受到世界各地的珍爱却是不争的事实。在基地，有一处"海归大熊猫乐园"，其中即有从美国和澳大利亚载誉归来的五只熊猫。又据介绍，2006年中央政府赠给台湾的"团团""圆圆"，也是从这里选送的。

前两天电视报道，"圆圆"业经人工授精，有望在四月份产崽，闻之不胜欣喜。愿上苍保佑，母子平安！

六

看过不少描写西南民族风情的作品,见到不少马帮镖客、背夫挑工在荒山野岭不避风雨艰辛跋涉的老照片,但我竟然没有留意,那条承载过沉重而辉煌历史命运,演绎过无数惊险浪漫故事的茶马古道,源头就在雅安!

雅安多云多雾多雨,最著名的出产是茶叶。"扬子江中水,蒙顶山上茶",例为名联绝对。茶圣陆羽说,各地名茶,"蒙顶第一"。唐《国史补》也记载:"剑南有蒙顶石花,或小方,或散花,号称第一。"雅安茶好,且历史悠久,公元前53年,西汉僧人吴理真最早于蒙顶山人工种茶成功,茶文化遂由雅安传遍全国,传向世界。公元742年,蒙顶茶被列为朝廷贡品和祭天祀祖专用茶,至清末,长达1000多年。唐代,雅安茶叶传入西藏,因其消食提神的神奇功效,大受藏民和沿途各族同胞拥趸,一条雅安至拉萨"以茶易马""茶马互市"的商道渐趋兴旺,成为沟通内地与边疆,增进民族团结融合的重要纽带。雅安边茶由此大盛,专营商号最多达到百余家,年产茶叶1000多万斤,相沿至今,仍是当地一项支柱产业。

茶马古道的开通为各地客商提供了大好机遇。元代开始,大批北方富商相率南下,为雅安的边茶贸易注入强劲活力。其中尤以"陕帮"最受推重,他们凭借诚信的经营理念赢得客户信任,迅猛崛起,称雄一方,雅安最大的茶号多由他们开办。在离市区27公里的上里古镇,我们参观了一处保留尚好的豪门大宅,规模之宏大,装饰之气派,布局之巧妙,做工之精细,均不亚于此前看过的山西王家大院和乔家大院。主人姓韩,祖籍陕西泾阳县花池头,乾隆三十二年(公元1693年)入川,从事茶叶经销,兼营木材、绸布。发家致富后的韩氏家族十分重视子弟培养,崇文重武衍为家风,仅道光年间就有两人中进士,十五人中武举,其翘楚者,官至御前护卫和兵部尚书,朝廷御赐的"武魁堂""卫守府"等匾额至今尚在。除韩家外,上里另有杨、陈、许、张四大旺族,民间有韩家的银子、陈家的谷子、杨家的顶子(官多)、许家的女子(漂亮)、张家的锭子(昆武)的说法,故俗称五家口。

上里曾是茶马古道的繁华站口,依山傍水,民居密集,2005年起经过维修整理,现在也是川西著名旅游景点,被列为四川十大古镇、全国环境优美示范镇。居民多以经营茶楼旅店商铺饭馆为业,兼顾少量农田。

旅店收费不高，包吃包住每天也就三五十元，故常有从外地来休闲度假的，一住就是一两个月。我们去时游客不多，街道上到处摆放着棋盘牌桌，参与的多是两旁的店主。导游小周是本镇人，见我好奇，解释说，自开发旅游，居民收入增加，家家有房有车有存款，节假日游客多时忙挣钱，平常时间就喝喝茶打打牌，捎带照料照料生意，日子过得满自在舒心的。

尽管如此，透过交互回环的古老河道，河岸上成排成巷的吊脚楼，楼低下密密扎扎的茶亭排档，我仍能想来当年茶马古道商旅穿梭、茶包山积、牛马衔尾的繁忙景况。

七

兴致勃勃的采访如期结束。归途中，回想雅安的蓝天绿地雅雨清风，瞻念都市中楼群挤压车辆拥堵扬尘弥漫雾霾重重，心头涌起莫名的怅惘。

"行了，哥们儿！能出来吸几天清新空气，洗洗脏腑，换换心绪，也值。梁园虽好，终不能久留。自家的欠债终归得自个还。回去好好为推进绿色发展使劲吧。"后座上不知哪位智者的几句话，把人们从焦愁的情绪中点化过来，气氛重又变得活跃。

仔细想想,这话真还满含哲理。历史进步总要付出代价,"世界将由美来拯救"(陀思妥耶夫斯基)。好在建设生态文明已上升为国策,全民环保意识日益增强。雅安从提出"生态立市"到建成中国十佳魅力城市,前后也就十年时间。只要举全国之力,人人负责,"美丽中国"的前景会太遥远吗?

2013 年 3 月 16 日

原载《人民文学》

祝福草原

去草原的路上,我问司机包叔到牧民家有什么禁忌,包叔说你尽管放心,草原人民热情好客,把每一位客人都看作尊贵的朋友,无论到哪里,都会受到善意接纳,真诚款待。

包叔,名包虎,蒙古族,市文联资格最老的工作人员,同事都称他包哥,或包叔,人缘特好。

清晨从海拉尔出发,朝鄂温克旗方向南行,半个小时后汽车拐进左手一处豁口,眼前猛然展开一片舒缓起伏、青翠耀眼的草地。草地最高处,一座巨型敖包上插满柳枝和五颜六色的哈达，在蔚蓝天幕衬托下，格外庄严，祥和。这是巴彦和硕草地，鄂温克民众拜天朝圣的地方，每年都会举行盛大的那达慕大会和隆重的祭祀仪式。又因是电影《草原上的人们》外景拍摄地，一曲《敖包相会》让它名扬四海，现在已是来呼伦贝尔必至的景区。

按民族礼仪祭祀过后，站在敖包近旁放眼四望，白云悠悠，碧草连天，心底蓦然涌起莫名的感动。那醉人的草色嫩绿嫩绿，从脚下蔓延开来，恣意晕染，一直铺排到四围的天际线上，无远弗届，恍若梦境。真不知用什么样的词语来形容这浩瀚的绿色！也许沈从文是对的，当年他躺在山地上，面对一片绿色，就曾感叹，"企图用充满历史霉斑的文字来写它时，竟是完全的徒劳"。而我此时，搜索枯肠，反复联想，也只能将这绿意盎然的大地比喻为一张巨幅的画板，因为在我的视野中，一条亮晶晶的河水正从天边蜿蜒而来，这河水弯弯曲曲，宁静而温顺，如同远古人类留给草原的一条的哈达，祈福苍生，寄意悠远；又像某位云间书画大师的神来之笔，收放自如，奥秘无穷。包叔说，那是伊敏河，由此向北流去，与海拉尔河会合，再一路绕行，汇入额尔古纳河，我们的行程中，随时都会看到它的身影。

时近正午，预定时间早过，但人们的灵魂都像融化在这圣洁澄明的环境里，意识"断片"，失去时空感。经一再召唤，正欲起步，山梁背后忽然传来一串悠长的牧歌，歌声浑厚而低沉，苍茫而忧伤，静静听来，怅惘的情绪，直欲让人心魂震颤。我揣想，那一定是一位孤独的牧人马背上的吟唱。包叔说，这其实是一首古老的蒙古歌曲，是年老的阿爸唱给远嫁的女儿的，也可能是小伙子在思念他曾经的恋人，大意是：

……
岸上的骏马拖着缰绳，
美丽的姑娘诺恩吉雅，
出嫁到遥远的他乡……

说来不可思议，听着这回肠荡气的优美歌曲，我此时竟有一种强烈的跪拜的冲动——是为了这辽阔洁净的白云蓝天，碧水绿野，还是为了这马背上强悍而重情的民族，连我自己也说不清。我只是第一次来呼伦贝尔啊，脑海里何以总是回旋着那句同样牵魂动魄的歌词：父亲的草原，母亲的河！

回到车上，包叔说，这才是开始，呼伦贝尔8万平方公里天然草场，3000多条河流，500多座湖泊，30多个民族，多姿多彩，越走越好看。

果如所言。这一路从海拉尔到满洲里，沿伊敏河和额尔古纳河穿行，西山森林公园，红花尔基林海，巴尔虎草原，额尔古纳湿地，留在脑子里的，满是"绿遍天涯"的记忆。最难忘的是扎赉诺尔的几处牧场，那才真叫"花的草原"。想想看，丝绒般油绿油绿的草地上，金黄的金针花，紫红的苜蓿花，窈窕的韭菜花，灵动的蝴蝶花，富丽的芍药，娇艳的山丹，星星点点，灿然夺目，微风过处，草偃花摇，芳香冲鼻——想想看，那会是一种什么样的景致！难怪人们冲出车门，纷纷四散开来，前奔后突，忽蹲忽站，"咔咔咔"愣是一通狂拍。包叔说，没花的草原还能叫草原？我在队里放牧时，每天清晨骑马跑一圈，露水打湿的裤腿上都会沾满花花绿绿的花粉，拍都拍不掉。

包叔插队的地方，是贝尔湖附近的一个嘎查（生产队）。贝尔湖与西北面的呼伦湖，像一双清澈的眼眸，亿万斯年，深情地仰望着辽远的苍穹，又像丰沛的母乳，世世代代，滋养着这方广袤草原的生灵万物。包叔插队时，与一户牧民家庭生活在一起，他对他们一往情深，至今谈起，语气里充满真挚的感戴之情。

包叔说，牧民是天生善良的，在他们眼里，一切生灵都像是弱者，都需要同情呵护。如果一个生病的或迷路的人寻上门来，这家主人绝对会拿出最好的吃食去招待，十天半月尽心尽力地去护理。"我有一口吃的，绝不让你饿着。"在他们看来，人家有了灾难你不去帮助，那还是人吗？如果那样，你在牧民们眼里就一钱不值。在草原上，常会听说有的家庭孩子成群，十几个的都有，其实，其中不少都是拣来或别人送来的。孩子的亲人殁了或病重，无力抚育，你不去收养，你的良心哪儿去了？无论亲生还是抱养，在温暖的牧民家庭都会得到一视同仁的疼爱，特别是那些慈蔼的额吉和大嫂，成天总是"可怜的孩子"，"可怜的宝贝"，一言一语，一个眼神一个表情，总在传递着发自内心的爱意。不只是孩子，即使是对那些幼小的羊羔、牛犊、马驹，也常不时搂在怀里，以同样的昵称去表达她们的爱怜。你稍加留意就会发现，草原的语系里从没有疾言厉色的恶言秽语。孩子有了过错，大人只需以稍高稍重的语气表示不快，便足以引起注意，从不会喝骂训斥的。

包叔说，生活在天无私覆、地无私载的天地里，草原民族永远是心地宽厚、心境澄明的。他们对给予他们无限恩惠的一草一木一山一水满怀崇敬与感戴，认为万物有灵,绝不可毁伤与亵渎。牧民反感和抵触那些"征服""开垦""采挖"之类的字眼。一块草地,长生天留给人类,一旦毁坏无法复原,怎可随便开挖呢?一座山峰,那是神灵栖息之所,怎能征服得了呢?一条溪水河流,草原生命之源,怎可祸害污染呢?圣祖成吉思汗当年约束队伍时早有旨谕:"临河撒尿者杀!"大人小孩从来敬畏有加。牧民虽逐水草而居,不断迁徙,但你去看看,那些搬迁过毡包的地方,从来是干干净净,绝不会留有垃圾余物和裸露的坑洼。即使是一棵树吧,每年成长期只有两三个月,要不是神的护佑,能长那么高那么大吗?那些路边的老榆树上为什么挂满哈达,那是牧民对神祇和先人的敬仰与感怀啊!

正应了那句名言:"接近故乡就是接近万乐之源。"(海德格尔)来到曾经度过四年宝贵年华的第二故乡,包叔一直沉浸在温热的回忆与动情的言说中。他突然伸出右手拇指:"只要同牧民一起生活过,不管北京知青还是天津知青,也不管他们遭遇如何,做人方面,绝对这个!"而他不会注意到,就在他翘起拇指的当间,我已是感动不已,热泪盈眶了。是的,这美丽的、绿色的草原,宁静的、和平的草原,充满神性的天堂般的草原啊,是最适于安妥灵魂、回归本源的地方,哪怕只是如我这样的数日盘桓，也会教人澄心涤虑，神清气爽，焕发纯洁高远的生命气象！

巴尔扎克时代"天才的""独一无二"的女作家乔治·桑，病危时留给尘世的最后遗言是：请留下一片绿色！

托尔斯泰长眠在他的庄园里，林间的墓碑是一抔长方形土墩，上面长满绿茸茸的苔藓。

那么，就让我们还是像那位德国哲学家忠告的那样："学会严肃地对待那里原始单纯的生存吧！"因为"他们所需所想的是对其存在与自主的静谧生活的维系"。

祝福草原！

2014年7月6日

原载《人民文学》

吴中访山记

在太湖西岸的隐隐峰峦中,有座也叫"华山"的山冈,海拔171米,属苏州吴中区。山与西岳同名,而风光殊异。一隽秀,一雄伟。一典雅,一险峻。一若江南佳丽,一如关西大汉。一南一北,各擅胜场,各美其美。

由西安去吴中,是在清明节前游人较少的时候。朋友心细,安排的住处就在华山脚下。这是一家叫做"花山隐居"的旅舍,面积不大,总共两层,十多个房间,但室内盆景几案,户外花木池鱼,布置整洁清爽,宛然一所苏式风格的私家庭院。客人不多，服务员也少，见到的几位，穿着都如旧时乡下人家，说话也都轻声慢语，彬彬有礼。旅社没有电视机，没有无线网络，故从早至晚，除黎明时分的风动鸟鸣，整个院子听不到嘈杂的声音。有这样清静的环境，放松下来，休整休整，品品茶，看看书，翻翻资料，为隔日的寻访做点案头准备，也算一件难得的赏心乐事。

据清代刊印的《华山书》，吴中华山自东晋僧人支遁开辟道场，两千余年间，名刹古寺，香火不绝，高僧大德，相率驻锡。又因林壑深秀，泉池清幽，向为骚人墨客酬酢雅聚之地，白居易、范成大、黄公望、文征明、王世贞、钱谦益、沈德潜、毕沅等诸多文坛巨匠都曾慕名而来，留下脍炙人口的名篇佳作。明末清初政权更迭之际，更有大批文人士大夫绝意仕进，来这里结庐隐居，他们或滋味经籍，潜沉学问，或寄情山水，诗酒唱和，或皈依佛门，讲经弘法，给这方著名的游览胜地进一步营造了浓郁的书卷气息，增添了厚重的文化色彩。我揣想，在环列太湖的众多名山中，华山自唐宋起就有"东南第一净土""吴中第一名山""西山第一佳境"的美誉，且至今游人如织，络绎不绝，是与人们踏访历史遗迹、追怀先贤往事的文化情结不无关系的。

游华山,"鸟道"是必经之路。"西当太白有鸟道"——这很容易让人想到李白的《蜀道难》。而实际上,它只不过是一条随形就势蜿蜒而上未经人为修砌的坎坷坡段。也许是生活在小桥流水间的吴地学人乡亲走惯里弄小巷,稍遇低丘高坡便心生畏难,望而却步,才有"鸟道凌空步迤逦""悬崖飞蹬不可攀"的浩叹。但说它怪石诡树,参差森立,泉声清越,发如金石,却是真的。特别是那些横亘在道路中间和两旁的花岗岩巨石,不知何纪何年从山体崩裂下来,或交错叠压,危若累卵,或孑立散处,超然物外,仔细端详,意趣横生,倒不失为一道引人遐想、耐人琢磨的风景。此外,在这些造型各异,"神态"判然的石头上,每每见有前人的题字镌刻,如"出尘""隔凡""龙颔""吞石""邀月""且坐"等,落笔简洁,想象奇特,似在点睛,兼寓禅意,字体多为篆、隶、楷书,皆出当年僧俗名流之手。其中最醒目的一处,刻有"华山鸟道"四个反书篆字,行笔流畅,洒脱中略呈怪异,有人解读为意在讽刺朝政的倒行逆施与黑暗腐败。此书作者赵宧光,字凡夫,明万历人,为赵宋王室后裔,与同乡好友朱鹭、王芥庵以"皆负忠孝大节,并怀高蹈之操"而被称为"吴下三高士"。万历二十三年(公元1594年),他携全家筑室先父墓旁,"三十年不入市",

泛览经史,贯穿百家,精六书,工诗文,著《说文长卷》《六书长笺》等数十种,名重朝野,却终生不仕,不沾朝廷俸禄,在隐居华山的士人中颇具代表性。

　　有人统计,这些镌刻在浑朴原石上的题字,全山至少有100余处,均字迹高古,造语生动,在我看来,不啻为一座散布在山野间的书法碑林,别具一格,独此一家,十分难得。想不到的是,就在我对此热情洋溢大加赞赏的时候,有朋友从旁指点,对这种"一路奇石皆镌大字而朱涂之"的现象,早在300年前就有人指责过,认为大煞风景,俗不可耐:"盖山川洞壑之奇,譬见西施,不必识姓名然后知其美。今取天成奇石而加之镌刻,施以丹雘,是黥鼻西子也,岂非洞壑之不幸乎?"并写诗道:"吴中名胜数莲峰,黥鼻青山怪蘖翁。"这位性情爽直的批评者即是明代散文大家归有光的曾孙,与顾炎武同为复社成员并相互推许的吴中名士归庄。诗中所说蘖翁,名熊开元,原为朝廷命官,以文章、气节著称,明亡后出家为僧,法号正志,主持华山寺多年,饶有建树,常以"华山主人"自称。对归庄等人的责难,他也有专文申述,虽旁征博引,辩驳有力,但毕竟都是饱学儒雅之士,语言平实,分寸得体,不伤和气。

　　300年前华山隐逸之间这场"凿字涂丹"是耶非耶

的切磋争鸣，只能以仁者见仁，智者见智，各抒己见，不了了之。但它他对我们今天如何保护自然文化遗产不无启示。毫无疑义，人类的审美活动有很强的主观性，同一事物因各人经历、学养、情趣、价值取向的差别而会有不同的感受。但"美"是客观的，自然之美高于一切。所谓真即美，美即真，"地球不需要人为的珠宝为她增添娇艳"（西谚）。那种怀着功利目的，弄虚造假，任意"开发"，破坏自然风貌，损毁文化遗存的行为，结果必然是着粪佛头，黥鼻西子，倒人胃口，扫人兴致，这样的例子当下屡见不鲜，尤需引以为戒。

由鸟道一路上行，过凌风栈，礼佛坪，不远处便是康熙、乾隆皇帝曾经巡幸瞻礼的翠岩寺。华山作为苏州著名风景胜地，又集中了那么多声名远播、广有影响的知识精英和政治遗老，这两位对汉文化衷心推重，并以杰出的文治武功开创康乾盛世的有为之君，在他们督导工作、体察民情、安抚百姓、宣恩示威的南巡日程中，是不会落掉这个地方的。以巡游为名，广泛接触、联络地方士绅和宗教、文化界高层人士，是他们致力消弭满汉对立、促进民族团结常常采用的得体而自然的方式。玄烨皇帝康熙二十八年（公元 1689 年）年视察姑苏，曾传旨要巡幸华山，并召见翠岩寺和尚晓青禅师，唯因山道崎岖，天阴苔滑，未能成行。他在行宫召见晓青时，见其果然学养深厚，遂命即兴赋诗记感。这晓青虽年过60，但自幼博闻强记，文思过人，略一沉吟，提笔写道：翠华临幸万方春，草木恩沾雨露新。岩壑岂能逃至化，白头犹得奉金轮。康熙帝见此，自是欣喜不已，除赐以宝炉、宝瓶、香盒、香簪而外，也当场题诗一首，抒发了"欲向花山涧壑行，春云又变晓阴晴"的遗憾。为表达对这次"九霄忽降，玉露深恩"的竭诚感戴，晓青在康熙离开仅一月之内，缮写绫字20幅，金素扇11柄，文集1套，语录、诗稿两套，派徒弟昼夜兼程，送往朝廷。此后，又作恭和御诗100首。虔敬之情，一至于此。第二年，晓青和尚于华山圆寂，终年62岁。这是否与那次觐见的劳累与激动有关，因并无确证，只能任人推测，惋叹。

10年之后，康熙皇帝第三次南巡，驻跸姑苏期间，仍不忘那座潜隐了大批江南才俊的"就隐之山"。四月初三，巡游成行，一路见闻，令他欢欣无任，心情大好，有题诗为证：警跸来初地，青山鸟道深。风生松涧合，云暗石苔侵。静昼飞闲蝶，余春噪晚禽。空留支遁迹，物外托宸襟。在翠岩寺小憩时，又应主持敏膺奏请，追封当年接见过的晓青"高云禅师"谥号，并赠给敏膺金刚经一卷，为寺庙题写"翠岩寺"和"闲起溪云下，诗清山雨归"等匾额联语。这种至高无上的宠遇，敏膺等一众佛门弟子自然是感激零涕，过后，和晓青一样，敏膺连作《恭和御制诗二十首》，里面多有"山色晴初丽，红云紫气深""圣王垂顾盼，草木展芳襟"之类的虔敬感戴之辞。而这种收复人心的效果，正是这位万乘之尊不惜车舟劳顿，一再巡游江南，礼贤下士，联络各方，体恤民情，广布恩泽，所要达到的目的之一。

又过了半个世纪，大清乾隆皇帝弘历首次南巡。这位时正盛年、意气风发的帝王循着祖父足迹来到华山，舍舆跨马，挥鞭驰逐，"登峰造极览全吴"，"高矗青霄俯太湖"，"处处仰昔踪，起爱复起敬"，写下多首仰怀乃祖宸章，抒发豪情逸兴的诗作，并亲赐方丈谛信为"高云禅师四世孙，住持华山翠岩寺。"一处山脉，一座寺庙，与朝廷、皇室有如此持久密切的渊源交往，其地位之特出，声名之显赫，自不难想象。

山川陵夷，世道沧桑。翠岩寺自万历甲申年（公元1584年）创治殿舍，后增扩倾圮，几度兴废，现有规模不显宏大，但布局规正，气象肃穆。山门由民国时期代总理李根源先生书额。这位于清末创办云南讲武堂，培养了包括朱德、叶剑英在内的大批革命将帅，抗日战争中又以一纸气吞山河的《告云南父老书》振奋全国的辛亥元老，息隐苏州期间对保护地方文化古迹多有建树。有道是江山也要名人扶，寺额请他题写，也是用当其人，堪为古寺增色。走进山门，院子里粉墙苍壁，旧迹斑驳，古藤老树，生机犹然，只是那些佛殿僧舍，年代并不太久，一问，是"文革"后移位重建的。原先的大殿遗址仍在，高高的台基上几根雕镂精美的粗重石柱横架竖立，看去直如北京圆明园西洋楼残迹；注目凝望，总能触发人们纷繁的感想和深沉的思索。对此，同行的朋友交口称赞，说能把这些柱石原地原样保留下来，就足见当地政府和管理部门眼界不俗，应算得一大功德。

出翠岩寺，越过当年僧众为迎接康熙帝而于一夜间突击修凿的53级蹬道，便到了华山最高处的莲花峰。峰以山颠巨岩中裂，状如莲花而得名，攀援至顶，远眺太湖孤帆远影，烟波浩渺，俯瞰山后天池横浸，翠微深护，骋怀游目间，心旷神怡，宠辱皆忘，不禁顿生纵浪大化，归隐林泉的妄念。因时已过午，原定的天池游已来不及，于是抓紧时间，直奔山下的寂鉴寺。此寺紧邻天池，寺内有仿木石构堂殿三处，一曰西天寺，一曰兜率宫，一曰极乐园，为元代至正年间修建，历经650多年风雨，苍苔旧貌，至今保存完好，则苏州民众良好的人文素养，于兹可见，令人感佩。

寂鉴寺旁新建别院一所，名"洗心山房"，院内林荫蓊郁，泉水映带，是供香客游人品茶休憩的地方。清明前夕，正是洞庭新茶刚刚应市之时，蒙主人雅意，安排大家在露天茶座稍事休息，习习凉风中，捧着一杯青翠芳馨的碧螺春，回顾大半天行程中所看景点，似无一处败笔，一事扫兴，更觉口颊生香，神情快慰。

清人黄昌寿在考察游翠岩寺后曾经慨叹："夫华山开创千余年矣，其间兴废隆替，一系乎人之贤否。"这无疑是见地深刻、思虑高远之论，但再细推想，天下事系乎人之贤否者，又岂独一山一寺……

如此说来，这座风光旖旎的吴中名山，又何尝不是一篇情采丰盈，题旨悠远，耐人品咂回味的经典美文，一则托物言志的"一代对另一代精神上的遗训"（赫尔岑）！

2016年5月15日
原载《文艺报》

扬州旧闻

我揣想,旧时扬州其所以有名,很可能与"竹枝词"的传唱有关。

相较于传统诗词的温柔敦厚,扬州的繁华绮丽浮艳浪漫更适合民歌小调去表现。传统诗词尽管典雅,但毕竟限制太多,要"言志",要"载道",要平仄对仗,合辙押韵,阳春白雪,曲高和寡,大多只在文人圈子里酬答互赏。而流布于市井闾阎的竹枝词则要率意的多,放达的多,一曲既成,风靡远近,社会效果往往出乎专业人士的意料。

正因为竹枝词切近现实,广受民众

欢迎，不少文人士大夫也放下身段加入这种民间文学的创作，在"普及与提高"良性互动中，催生了不少自然流畅、雅俗共赏的优秀之作。其中就有写扬州地理情景的如"吴沟遥接汴河开，江上春潮日日回。夜半桨声听不住，南船才过北船来"。有写市井风貌的如"绿杨影里酒旗高，流水斜通婉转桥。多少情娘争扭捏，无穷浪子看招摇"。此外当地人文胜迹，乡土习俗，三教九流，七行八作，竹枝词都有反映，内容涉及社会生活的方方面面，大多写得轻佻香艳，极尽奢靡富贵之气。

也有例外。也正是在一派灯红酒绿、纸醉金迷的氛围中，一些有识见、有担当的文化人敏锐察觉出其间的衰颓之相，他们怀着深刻的隐忧，对日趋严重的社会病态作了含蓄的揭示和委婉的讥刺。其中影响最大也饱受争议的是董伟业的《扬州竹枝词》。

董伟业，字耻夫，原籍沈阳，后流寓江都（扬州）。阮元在《广陵诗事》中说他狂简自喜，愤世嫉俗，因写《扬州竹枝词》声名鹊起，毁誉俱来，某县令意欲招之训诫，竟为他拒绝，后借口有人举报，强执至县衙，枉加罪名，施以笞刑。审讯时县令见其赤臂敞怀，衣履邋遢，态度极其狷狂，便道："汝善诗，望作对，可赦汝"，即出联曰"耻夫遭耻辱"，盖羞辱之也。董应声对曰："竹板打竹枝"，盖言伊之被笞者，因竹枝词之过，非他过矣……一则精短文字，绘声绘色，将这位耿介之士的孤傲不羁尽现眼前，读来饶有趣味。

董伟业的《扬州竹枝词》作于乾隆五年（公元1740年）。作者在题记中写道："稽古竹枝之作，所以纪风土，讽习俗也。余家居无事，偶有所感，辄成绝句，共得九十九首，总题之曰〈扬州竹枝词〉。噫！纪土风乎？讽习俗乎？"其意显在提示人们，对他的这组词作，勿作寻常笔墨视之，而应体察其中的言外之意，弦外之音。如：

> 保障河中晚唱船，徐凝门外早春天。
> 只栽杨柳莲花埂，不种桑麻芍药田。
> 谁家年少好儿郎，岸上青骢水上航。
> 犹恐千金挥不尽，又抬飞轿学盐商。
> 万树松栽费万钱，万松亭在万松颠。
> 更添胜景超前辈，另凿平山第五泉。
> 城隍宫近杀人场，和尚奇穷不点香。
> 有客读书无客至，诗成且共鬼商量。

一方面，抑农重商，田园荒芜，民生维艰，另一方面,主政者不惜耗费民资民力,大兴土木,营造政绩工程,致富者日富,贫者愈贫,连昔日香火鼎盛的寺庙也人迹罕至,变得像杀人场般肃杀荒败。这些冷嘲热讽、专事"挑刺"的"不经之作",显然有损扬州"歌乐升平"的形象,势必招来既得利益者的指责;且此种负面舆论一旦传播开来,达于上峰,说不定还会影响地方官的仕途升迁,其作者身陷官司、迭遭封杀当在预料中。

就在《扬州竹枝词》成为一个文化事件,作者遭到围攻、打压之际,有一个人挺身而出,旗帜鲜明地为他辩护张目。此人即是大名鼎鼎的郑燮郑板桥。这位有着深厚平民情结,后来写过"衙斋卧听萧萧竹,疑似民间疾苦声。吾侪些小州县吏,一枝一叶总关情"的江南名士,对董作家的才气、品节十分赞赏,在为董作所写序言中,极力肯定这些词作真实反映了社会现状,虽语辛辣,但并非刻意"抹黑":"盖因扬州风俗之变,愈出愈奇。而董子调侃之文,如铭如偈也",故不必兴师问罪,大张挞伐。

郑板桥坦言,作为人文知识分子,就应该有董作家这样的气节,不计祸福,敢于直言,"招尤惹谤,割舌奚辞!"他对董刚正不阿,洁身自重,虽半生落魄而不攀权贵,不傍大款,"身轻似叶,原不借乎缙绅;眼大如箕，又何知夫钱虏"的操守极为敬重，以至竟有"识曲怜才，焚香恨晚"之叹！可以看出，"乌纱掷去不为官"的郑板桥是把董作家引为同调，故惺惺相惜，给出如此高的评价。

力挺董伟业的不止板桥，当时活跃在扬州文坛的一帮体制外文化人如诗书名家顾于观等，也都呼应郑板桥，仗义执言，甘作董的拥趸。顾于观在给董的题词中写道，抑恶扬善，原本是文学的应有功能，连孔夫子删《诗经》，也还保留若干刺讥之文，现在对董先生的竹枝词，誉者固多，毁者亦复不少，无非认为它有失温柔敦厚之道，但"扬州风俗，江河日下，得董子诙谐以激励之，可以返浇为淳，去华就实，则此书为功扬州不小。斯正风雅劝惩之义，虽谓之温柔之教可也"。

在众多民间人士的鼎力声援下，身陷围攻的董伟业总算摆脱干系，一场文字风波归于平息。

有意思的是，竹枝词的创作非但没因这场风波遭受挫折，反而越来越盛，董伟业之后，《续扬州竹枝词》之类的效仿之作连篇累牍，竟成一时之大观。而书坊印社，也因看好市场前景，纷纷汇编刊刻，成为在民间和官方的热销读物。清代以降，这样的汇编本屡有刊行，使我们至今得以窥见旧时扬州的风花雪月，兴衰得失。

近几年两次到扬州，亲眼目睹了在"以人为本，建设创新扬州、精致扬州、幸福扬州"理念指导下所发生的巨大变化。一个环境优美，经济繁荣，人文与自然和谐交融的现代化城市活力四射，令人艳羡。2011年那次，偶尔在旧书摊上淘到一本以"内部准印"印制的《扬州竹枝词》，由夏友兰、陈天白、顾一平先生汇编，冯其庸先生题签，定价只3块5毛钱，虽装帧朴素，但我非常珍爱，不时翻读，总有感触。

这样的书，无论当地人还是外地游客，官员还是民众，都是值得看看的。

2014年5月5日

原载《中国财经报》

灵渠踏访

灵渠，位于湘桂交界处的兴安县，距桂林只57公里，但人们往往与它擦肩而过，失之交臂。对大多数游客来说，行色匆匆，单是如诗如画的漓江山水就足够尽兴而返了。兴安，则如同一部典藏的古籍善本，需要静下心来，仔细翻捡，从容品读。

出两江机场，小车沿"湘桂走廊"绕向东北，一到满目青翠的兴安地界，司机小唐便热情介绍说，别看兴安是个小县，却曾经两次改写过中国历史，值得一来！小唐很健谈，见我立时倦意顿消，大感兴趣，遂放慢车速，娓娓道来。

两千多年前，秦始皇灭掉六国，又调动兵力进军南越。当时的最大困难，是交通阻塞。长江流域与珠江流域之间，横亘着巍峨的五岭山脉，陆路崎险，水路不通。秦始皇南巡后，指派监御官史禄带10万大军，限期开通南北航运，以保证军火粮草及时运达。说来也是知人善任，这史禄曾做过陕西泾阳县令，而泾阳正是战国时期著名水利工程郑国渠渠首所在地。史禄经过勘察，发现北去的湘江和南流的漓水源头都在兴安，两江之间的分水岭最短只有两公里，于是采用郑国渠的经验，凿渠筑堤，引湘入漓，费时3年，修成了这条"北通京师，南入于海"的世界最古老的人工运河。渠成当年，秦军长驱直入，势如破竹，完成了统一中国的大业。

第二次，便是中央红军长征时在兴安北部一带进行的湘江战役。小唐说，如果没有那次成功的突围，就不会有随后的遵义会议，中国革命也许要走更长的弯路……

关于湘江战役，陆续看过多种纪实文字和影视作品，知道那是一场异常惨烈悲壮的血战，红军以8万兵力迎战蒋介石30多万军队，牺牲过半，突围后只剩3万多人，确是中国革命生死攸关的一役，老区民众做出的牺牲自能想来。而灵渠，虽与郑国渠、都江堰并称古代三大著名水利工程，被郭沫若先生誉为"足与长城南北相呼应"的"世界奇观"，但恕我孤陋，此前竟不知它就在兴安，于是便有了急欲一睹的强烈冲动。

次日为会议报到时间。早饭后从宾馆借一把雨伞，一路打听，不到半个时辰便赶到灵渠公园北门。正准备买票，一位年轻保安迎上来问，先生是要参观吗，我说是。又问，您多大年纪。话虽唐突，但看他一团和气，我仍作了回答。不意他立刻礼貌地躬躬身，说请进吧，我们这里60岁以上的人是不需要买票的。我连忙道谢，心里深为几乎形之于色的误会内疚。

因昨晚刚下过雨，公园里游人极少。沿滨河小道茫然行走10多分钟，见前头一家老少六七人正在导游陪同下漫步徜徉，便赶上去问，灵渠还远吗？导游是一位清爽的女孩，见我问话，回过头来，微微一笑，说这就到了，要不您就同我们一起走，有什么问题我好随时解答。一路上果然悉心讲解，有问必答，看得出对相关史料融会贯通，毫无穿凿附会的成分。

一位热心的司机。一位和蔼的保安。一位业务娴熟而又认真负责的导游。可亲可爱，让人意识到这是一个注重教养的地方，古风犹存，暖意融融，不禁平添几分好感。

灵渠工程主要由分水铧嘴、大小天平（溢洪堰，即过水坝）、陡门及全长34公里的南、北两渠组成。陡门被专家称为世界最古老的水闸，计36座，功用除拦水泄洪外，还在通过调节水位，将南来北往的船只一级级送入主航道，原理同当今三峡大坝的航闸如出一辙，古人的智慧、技艺、魄力不能不令人叹服。铧嘴形如犁铧，尖头伸入江心，分湘江上游海阳河水三分入漓，七分归湘，以保障南渠的漓水有充足水量行船。旁有"分水亭"，立古碑一通，上书"湘漓分派"四个大字，笔力遒劲，为清乾隆桂林知府查淳所留。又有范成大、刘克庄、解缙及郭沫若、翦伯赞等古今名人题咏。其中范成大《铧嘴》诗前有小序："铧嘴，在兴安县五里所，秦史禄所作也。迎海阳水，垒石为坛，前锐如铧，冲水为南北，下为湘漓二江，功用奇伟，余交代李德远尝修之。"范成大曾任桂林最高长官，治桂三年，饶有德政，他叮嘱下属维修铧嘴，足见对灵渠的保护是有过贡献的。

的确，"罗马城不是一个早上建成的"。灵渠越两千年沧桑而不废，保留如此完整，自非一时一人之功。离铧嘴不远，有一"四贤祠"，里边祀奉的是秦监御史禄，汉伏波将军马援，唐桂管观察使李渤，唐桂州刺史鱼孟威。从简介可知，他们在不同时期对灵渠的维护、完善都有较大作为。其中伏波将军马援，因是敝乡陕西兴平人，引我格外留意。据资料记载，东汉十七年（公元14年），岭南交趾国侧郑、侧二姐妹聚众反叛，朝廷急命马援率兵两万、楼船两千前往征讨，行至兴安，见灵渠年久失修，战船无法通行，便亲自勘察设计，在灵渠左侧另开一条北渠，船只可以绕道进入南渠，通往漓江。次年，马援率部进军"毒雾熏蒸"的交趾，经三年苦战，平定"二征"叛乱，为大汉江山一统立下汗马功劳。有鉴于此，光武帝特封他为新息侯，食邑三千户，并给朝见时位列九卿的待遇。恩宠有加，备极荣耀，亲朋故旧纷纷要给他庆贺，都被拒绝。他对部属们讲，功薄赏厚，岂能长久！好男儿当烈死于边野，以马革裹尸还耳。看来，我这位乡贤确是一个志趣远大而又参透世事的人物，与当今一些劳民伤财，大搞政绩工程，又沽名钓誉，以为进身之阶的官员判然不同。

对灵渠的修筑维护，与马援有过同样功绩而在品格上可以媲美的，我以为是唐桂州刺史鱼孟威。灵渠从秦时兴建到唐代，已历经千余年，损毁严重。咸通九年（公元868年）鱼孟威到任后，曾经组织过一次大修，从陡门、铧嘴改造到渠道疏浚，"用五万三千余工，费钱五百三十余万"，使通航能力大为提高，"虽百斛大舸，一夫可涉"，百姓往来无滞，不复有怨尤者。难得的是他在受到朝廷嘉奖后并不趾高气扬，自鸣得意，反而诚惶诚恐，且惧且愧。在他撰写的《桂州重修灵渠记》中，先是对史禄、马援、李渤诸位前贤报国养民的功德详加褒扬，申明自己只是在前人的基础上略尽职责，岂敢贪功，继而有一段独白，读来尤见襟怀：

噫，草木无情也，荣落限于春秋，然犹春则华，秋则实，以利于人焉。而人称万物之灵，擅百岁之寿，安可不利于人哉。况余无大勋业，窃居宠禄，尤宜孜孜，力补尸素，岂令草木反鄙于余哉。是以闻害必削，见善必树，盖为此耳。

时上闻其兴役，远降诏书，猥赐嘉奖。盖人臣受国恩，为恶则罪耳，为善乃常事，亦犹子孝于亲，可夸乎？况余所为，未增丘山一块矣，又何敢当诏书之美也。今余所记重修，非为名也，要叙民之艰苦实由斯渠，冀后之居者不阙其修，行者不毁其修，长利民而已。

诚所谓功成不居，谦谦君子也。千余年前的一名地师级干部，尚懂得这个道理，将所做工作看作自己的本分，把成绩记在百姓账上，且夙夜忧叹，唯恐有失职守，愧对国家俸禄，这不能不令人油然起敬。反观今日，贪功诿过、争名夺利者不乏其人，尸位素餐，作威作福，侵害民众利益的事件屡有报料，与古贤的觉悟比较，相差又何止道里计！

有意思的是，在四贤祠里，有一块"劣政碑"，其文曰"浮加赋税，冒功累民，兴安县知事吕德慎之纪念碑"，后书"中华民国五年冬月阖邑公立"。这通碑，估计原在别处，不知何时移入祠内，虽属无心，但也反拙为巧。"政声人去后，民意闲谈中"，正反典型俱在，为官者亟宜警省。

灵渠原为航运而建，随着现代化进程的加快，交通四通八达，其原始功能已趋式微，但在兴安人民的生活中，这一"民生工程"仍然起着无以取代的作用。除给漓江补水外，最主要的是浇灌着四万多亩旱涝保收的膏腴之田，同时，成就了一座"中国最美小城"，一个"中国十大魅力名镇"，一条古色古香又生机勃勃的"水街"。

水街指灵渠穿经兴安县城的一段街区。在古代，曾是南北商船的中转站和货物集散地，店铺栉比，商贾云集，秦楼楚馆，极尽繁华，清代学者苏宗经有诗云："行尽灵渠路,兴安别有天。径缘桥底入,舟向市中穿。桨脚挥波易,蓬窗买酒便。水程今转顺,翘首望前川。"足见这里也曾是文人雅士们游历岭南常来的一处名胜。近几年经过保护性修整,古镇重辉,水街再现小桥流水的婉约景致和热闹祥和的市井风情,竟日游人不断,欢声喧阗。

  水街布局与建筑风格,皆具南秀北雄。在不到1公里的南渠两岸,紧靠沿渠文化长廊,整齐地排列着一坊坊居民小区。坊与坊之间的街道,均以青石铺地。迎街的民居则全是"青砖灰瓦白粉墙,肥梁胖柱小闺房"的小楼,上面住人,底层为商店。店面都不算大,但生意红火,其中尤以经营米粉等地方小吃的店人气最旺。在桂林乃至两广,兴安米粉是一道广受欢迎的名吃,说来也与我们陕西有关。秦始皇当年修灵渠,部队大多是陕西和西北人,素以面食为主,他们来到兴安,吃不惯大米,于是就地取材,将大米磨粉,制作了这种类似"饸饹"的面食。虽是因陋就简,但经过长期总结改进,做法和吃法都很讲究。和面要加卤水,使面筋道又便于消化。食用时拌以葱花、芫荽、蒜泥、黄豆、椿芽等佐料,味道清醇。食荤者另有烧肠、卤肝等8种配料,香而不腻。油泼辣椒则是必备的,兴安不少人都是秦军后裔,想来秦人"一碗面条喜气洋洋,少了辣子嘟嘟囔囔"的偏好流俗犹在。米粉好吃不贵,见到一家"老罐米粉店",不论卤粉汤粉,三两一碗的只卖四块钱,价格公道实惠,顾客自然就多。不只米粉,东北饺子、兰州拉面、山西刀削面也有好几处,北方饮食习惯在这里大有根柢。

连接两岸街区的,是横卧在灵渠上的11座石拱桥,其中最古老的当数马嘶桥和万里桥。马嘶桥传为马援所建,原叫"马氏桥",因年代久远,鱼鲁莫辨,衍称今名。又说马援当年到此马嘶桥断,募捐重修,故名。万里桥则确为唐代李渤修建,有碑为证,2004年政府投资重修了桥亭,高可10余米,三层檐顶,为水街最醒目的建筑。亭下装有汉白玉栏杆,凭栏远眺,且见渠水清泠,画船悠悠,花树夹岸,琴韵低回,骋怀游目间,直如进入前人描写的那种"千家屋舍接长川,古渡斜阳乱泊船。春树春波浑不辨,一林樯画一林烟"的朦胧境界,俗念俱消,喜不自胜。

桥头现存古碑一通,碑文为清成化年间广南钦差大臣吴玉亲撰,内容除褒扬湖广都指挥陈望仁"捐所有,购群材,募众技,卜日肇工,凡三阅月"而修复桥亭,"由是商贾群集,贸易傍午,耸然为一邑之伟观"的善举外,有段感从中来的议论,对今天的为政者或有教益,摘抄于下："君子之善无大小，要在出于诚而已。善出于诚，虽小可录，由此可推见其大。"修复桥亭"事虽不甚大，费虽不甚厚，而为善之心则出于诚也。同寅宪副范公，为道其事，属予记。后人经道于此，拂尘读碑，安知无好善之心如公及良有司者？继而葺之得人焉，又继葺之，则亭与桥可保无虞矣"。

万里桥亭从明初修建，几度兴废，迄今凡600余年，其间世道沧桑，人事代换，历史掌故所传自多。有一则故事，说是明朝奸相严嵩革职后发配岭南，心情落寞郁闷，途经万里桥时曾喟然长叹："兴安城郭枕高丘，湘漓分水南北流。万里桥头风雪暮，不知何地望神州。"又据说此前曾因弹劾严嵩而贬谪广西的刑部主事董传策也到过万里桥，并题诗一首："忆昨含香侍圣朝，风烟回首隔迢遥。客游忽到三江峡，世路今过万里桥。笼内乾坤人独醒，舟中日月赋堪消。戍楼哪更炎荒远，横笛秋天爽气飘。"品读两首诗，虽都是感慨遭逢之作，但一个情绪颓丧而心有不甘，一个襟怀旷达，字里行间透着脱离樊笼的轻松。正所谓文如其人，品格高下，涉笔立现，是无论如何掩饰不了的。更为巧合的是，严嵩遭贬之时，也正是董传策平反复职之日，两人又曾在万里桥亭相遇！此事见诸兴安县情介绍，虽觉离奇，但想来也是造化弄人,忠奸有判,个中命意不言自明:善有善报,恶有恶报;不是不报,时候未到。

  此次兴安采风,印象颇佳。得益灵渠滋养,兴安很富,发展很快,全县38万人,银行存款余额达70多亿元。所到之处,一派政通人和、安居乐业的气象,令人快慰。而对灵渠的踏访,收获尤多,感触尤深。兹略记如上,与同好共享。时下旅游业方兴未艾,以我愚见,外出旅游,放浪形骸,休闲身心固无可非,而增长见识,开阔胸怀,陶冶情操更为重要。如此说来,这历史悠久,风光秀美,古老与时尚、传统与现代、人文与自然和谐交融的兴安县,确是值得一去的地方。

2011年11月16日

原载《人民日报》